オタク荘の腐ってやがるお嬢様たち

長岡マキ子

ファンタジア文庫

2151

口絵・本文イラスト　森山しじみ

オタク荘の 腐ってやがる お嬢様たち

Otakusou No Kusatteyagaru Ojousamatachi

どれだけ願っても、手の届かないものがこの世にはある。

そんなものを夢見るほど、俺はもうガキじゃない。

かっこいいスポーツ選手にはなれないし、華《はな》やかな芸能界を目指すのも無謀《むぼう》だ。

凡人《ぼんじん》には、凡人にふさわしい生き方がある。

高校生活でも同じだ。

学園のアイドルとお近づきになりたいとか、あまつさえ彼女にしたいとか、そんなことは夢にも思っていなかった。

天上の星へは、一握《ひとにぎ》りの選ばれた人間しかたどり着けない。

でも、もし、その星が自分の足元へ落ちてきたら？

君はそれを拾うだろうか？　そして、ポケットに入れる？

俺は。

俺だったら――……。

1

俺が通う高校には、小さな学生寮《りょう》がある。

正式名称《めいしょう》を清聖《きよせい》学園第一女子寮というその寮には、学校の創設者であるアメリカ人女性の名前から「オーガスタ・クリスタル荘《そう》」という名がついている。

オーガスタ・クリスタル荘は、その煌《きら》びやかな名前の最後についた「荘」の語が連想させる通り、オートロックやフローリングとは無縁《むえん》の、昔懐《なつ》かしい趣《おもむき》のあるアパートだ。悪く言えばちょっとボロいその寮を、清聖に通うお嬢様《じょうさま》たちは、ほんの少しの揶揄《やゆ》する気持ちを込めて「オタク荘」と略していた。

けれども、俺が入学した辺りから、その略称《りゃくしょう》はめっきり使われなくなった。というのも、現在「オタク荘」に住んでいるのは、オタクとは似ても似つかない、学校中が憧《あこが》れる高嶺《たかね》の花《はな》たちを一つところに集めたと言ってもいいほど選《え》りすぐりの美少女ばかりだからだ。

まるで入寮資格にでも書いてあるかのように、今のオタク荘には美少女が集まっている。

しかも、彼女たちはただ美しいだけではない。そのほとんどが何かしらの分野で全国レベルの知名度を持つ、カリスマ女子高生と言える美少女たちなのだ。

まず、入学したての一年生、花垣汐実《はながきしおみ》。彼女は中三のときに「小説はやて」の新人賞で文壇《ぶんだん》デビューし、そのデビュー作が芥木賞《あくたぎ》にノミネートされた、今世間が最も注目する天才少女小説家だ。見た目はあまり知性を感じさせないギャルめいた風貌《ふうぼう》で、そのギャップがウケる層にはウケそうだ。

あとはみんな俺と同じ二年生で、中でも菊川《きくかわ》るうとは、去年同じクラスで面識がある。

菊川は陸上部の短距離《たんきょり》のエースで、昨年の総体の個人優勝を勝ち取った、トラック上のヒロインだ。走り以外の運動神経もずば抜《ぬ》けていて、球技会も運動会も、彼女がいるチームはそれだけで優勝間違《まちが》いなしと言われる。有名大学からのスカウトもすでに来ているらしい。余談だが、彼女の走る姿は「Ｉカップの弾丸《だんがん》」と呼ばれ、放課後の校庭には他校から来た男子ファンが、連日、揺《ゆ》れるスポブラ巨乳《きょにゅう》目当てに金網《かなあみ》に張りついている。

続いては、八剣瀬《やつるぎせ》芙玲《ふれ》。ひどい名前だが本名だ。彼女は、学園のアイドルだらけのオタク荘の中でも唯一《ゆいいつ》の、本物のアイドルである。

彼女が所属するのは、男性と付き合ったことがないという美少女だけで作られた国民的アイドルグループ、ＶＩＧ58だ。彼女自身の一般《いっぱん》知名度はそれほどだが、あざといくらい可愛い仕草とアンテナのような黒髪《くろかみ》ツーサイドアップがウケて、最近ファンの間で注目を集めているらしい。よほど自分の名前がイヤなのか、本名での活動が基本のグループ内で、珍《めずら》しく「八剣せれな」という芸名を用いている。

最も異色な住人は、俺より二歳年上の「同級生」、真澄窓花《ますみまどか》だろう。

彼女は入学時のＩＱテストで前代未聞《みもん》の二〇〇を叩《たた》き出して教師を驚《おどろ》かせた、世界レベルの天才だ。入学後は、企業《きぎょう》と提携《ていけい》して始めた発明が忙《いそが》しいとかいう理由で学校をサボりがちになり、困った親が彼女を通学時間ほぼゼロ分のオタク荘に入れるも、真面目《まじめ》に通学することなく留年。二回目の一年生では出席日数ギリギリに登校し、二年生に進級するとまた不登校になった。今年は二回目の二年生なので、去年よりは真面目に授業に出ると予想されているが、そういったレアキャラなので俺も彼女の姿は見たことがない。

そんな個性豊かな美少女たちの中で、特にこれといった一芸に秀《ひい》でているわけではないが、すべてにおいて優秀《ゆうしゅう》で、少なくとも校内ではぶっちぎりの人気を誇《ほこ》る美少女がオタク荘にいる。全校でその名を知らない者はいないと断言できる有名人。

それが、生徒会長の御車響子《みくるまきょうこ》だった。

「御車さま、二年生になってもお麗《うるわ》しいわぁ……」

本日、四月の登校日初日。今日も彼女は朝から女子たちの熱い視線を集めていた。

なぜ女子なのかというと、うちの高校は圧倒的《あっとうてき》に女子が多い。一年前まで「清聖学園女子高等学校」という名称だった、元・女子校だからだ。

清聖女子はキリスト教系のお嬢様学校で、首都圏《しゅとけん》にある我《わ》が県内ナンバーワンの女子進学校でもあった。その長い伝統と厳格な校風から特権階級に人気が高く、地元の名士や金持ちたちは、あえて娘《むすめ》たちを都内の女子校ではなく清聖に入学させたという。

そんなお嬢様学校が、不況《ふきょう》か少子化のあおりか、はたまた時代の流れに逆らえなかったのか、一昨年ついに男子生徒の募集《ぼしゅう》を開始した。

当然、入試会場にはやましい気持ちを抱《いだ》いた男子生徒たちが詰《つ》めかけると思われたが、世間の多数派は案外慎重《しんちょう》で現実的だったようだ。

大々的に募集をかけたのに、入学した男子はたった十名ちょっと。数名ではあまりに格好がつかないと思ったのか、男子受験者はほぼ全入で、俺のように偏差値《へんさち》的に難のある生徒もなんとか入学することができた。あるいは、俺には「オタク荘の寮母《りょうぼ》の息子《むすこ》」ということで、温情も加えられたのかもしれない。

そう。俺は全校生徒憧れの美少女たちが住むオタク荘に、中学の時から住んでいる。あくまでも、寮母である母と同居する形で、であるが。

――第一志望、清聖にしなさいよ～！　交通費ゼロだし、あんたが清聖生になったら、アタシも色々とベンリだし。

共学化の知らせが発表されたとき、母は俺に受験を猛《もう》プッシュした。

――俺には無理だろ！　偏差値七〇とかだし、身の程知らずにも程があるって！

あのとき、もっと強く撥《は》ねつけていれば、今ごろ俺は身《み》の丈《たけ》に合った学校で落ちこぼれらしい高校生活を送っていただろう。どうせ落ちるから記念受験するかと母に用意された願書を送ったことで、俺の人生は一変した。

俺のあの主張は間違っていなかった。この学校の生徒たちは、俺にとって別世界の住人だ。清聖に入らなかったら一生かかってもすれ違《ちが》うだけだったお嬢様たちが、級友として同じクラスで机を並べている。それは庶民《しょみん》の俺にとってハーレムなんてオイシイ状況《じょうきょう》ではない。一言でも言葉を交わせば、育ちの悪さが見破られるのではないか、お嬢様たちに白い目で見られるのではないかと恐《おそ》れ、なるべく注目されないよう気配を消して過ごしてきた。一年経《た》った今も、その状況は同じだ。

ましてや、オタク荘の住人たちは別格だ。彼女たちの存在はあまりにまぶしすぎて、お近づきになる妄想《もうそう》をすることすら、俺の経験と想像力では到底叶《とうていかな》わない。

幼い頃《ころ》は、手の届かない世界を思い描《えが》くことが好きだった。

俺の母には結婚《けっこん》歴がないので、物心ついた頃から父親がらみのことではしょっちゅうイヤな思いをしてきた。そんなときには一人になれる場所に行って、頭の中で戦隊ヒーローや覆面《ふくめん》ライダーになり、時にはモンスタートレーナーとしてボールから仲間を出し、ムカつくやつらを脳内でフルボッコにしてやった。

妄想力が高レベルに羽ばたいた中学時代は、今思うと目も当てられない。幼少のときとは違って、正義の味方でなく、悪者のボスやピカレスク物の主人公にハマって痛々しさは倍増した。少年漫画《まんが》の必殺技名を叫《さけ》びながら体育の授業をして、休み時間になると「クッ……少し長くこの身体《からだ》でいすぎたか……！」などと言ってトイレに駆《か》け込《こ》み、昼には「食物の定期的な経口摂取《せっしゅ》は、この世界でのならわし。ならば従うか……」と給食を貪《むさぼ》っていた。それだけでは飽《あ》き足らず、「†戒堂裂夜《かいどうさくや》†」というハンドルネームでブログを開設し、自作のポエムやかっこいいバトル漫画の詳細《しょうさい》な設定を上げたりしていた。闇《やみ》に覆《おお》われし我が漆黒《しっこく》の歴史だ。

高校受験で奇跡《きせき》的に清聖に合格してから、俺はそれらすべての趣味《しゅみ》を封印《ふういん》した。部屋中の漫画を古本屋へ持って行き、少ない小遣《こづか》いを貯《た》めて買ったゲームソフトは本体ごと中古ショップに売り払《はら》った。俺なりに、清聖の雰囲気《ふんいき》に馴染《なじ》もうとしての行動だった。

というのも、清聖はオタクには大変厳しい環境《かんきょう》で、そのせいかオタクはまったくと言っていいほど見当たらない。校内には、学業への集中を妨《さまた》げる漫画やＤＶＤなどの娯楽媒体《ごらくばいたい》はもちろん、アニメイラストのついた下敷《したじ》きやキーホルダーなど、キャラグッズの持ちこみまで徹底的《てっていてき》に禁じられている。万が一違反《いはん》する生徒がいれば、風紀委員の役割も兼《か》ねた生徒会のメンバーに即座《そくざ》に取り締《し》まられる。中でも会長の厳しさは有名だった。

その生徒会長、御車響子が今、俺の隣《となり》の席に座っている。

緊張《きんちょう》で、さっきから自分の持ち物を頭の中で確認しているが、漫画やゲームの断捨離《だんしゃり》に成功し、一切のオタク関連物から距離《きょり》を置いた結果、今や俺は成績が少々落ちこぼれすぎていることを除いては、完全にごく普通《ふつう》の男子高生だった。

（パンピーの生活ってのは、思ったより退屈《たいくつ》だけど……）

期待に胸を膨《ふく》らませて入学した清聖だったが、この一年ずっと、なんとはなしにそう感じていた。数少ない男子が集まると、くだらない悪ふざけか女子の話。それもしょせんお坊《ぼっ》ちゃんの会話だから、品がよすぎて参加するに値《あたい》しない退屈さだ。あんな連中とつるんだところで、学園生活が楽しくなるとは思えない。

というのは強がりで、本当は、俺がお嬢様に恐れをなして縮こまっている傍《かたわ》ら、同性の少なさを大義名分に女子と交流し、次々に彼女を作る他の男子が妬《ねた》ましくて、つい「あんな軟派《なんぱ》な奴《やつ》ら」と意固地になり、男友達すらできないまま二年になってしまったのだ。

要するに、俺はぼっちだった。

「……見て、御車さまが聖書を取り出されたわ。本鈴《ほんれい》前にもう礼拝のご用意かしら」

馴染みのない顔ぶれの級友たちを前にして浮足立《うきあしだ》った教室で、前の席の女子たちがこちらを振《ふ》り返り、俺の隣を見てひそひそと囁《ささや》く。

「違うわ、あれは『御車バイブル』よ。ご存じないの？」

「あの、学園のルールブックたる御車さまが校則を記したという、聖書形ノート？」

「そう。校則を破った生徒に、違反した項目《こうもく》をお見せするのよ」

「まあ。では、今どなたかが御車さまからのご注意を受けるということ？」

誰《だれ》かがそう言うと、途端《とたん》に周囲は落ち着きを失う。

「わたくしかしら？」

「いいえ、わたくしよ！」

「わたくしに違いないわ。今朝はスカートを二センチも短くしてしまったもの」

「まあ、なんて悪いお方！」

周りのざわめきで、俺の心臓もドキドキしてくる。

巷《ちまた》で言われる「才色兼備《さいしよくけんび》」の女子なんかそこらじゅうにゴロゴロしている清聖校内で、ひときわ目を引く類《たぐい》まれなる美貌《びぼう》。学年一位の成績。超《ちよう》有名な華道《かどう》流派の家元の一人娘《ひとりむすめ》という家柄《いえがら》。そして、一年生にして生徒会の副会長になり、あまりの人気ぶりに会長が一年早くその座を譲《ゆず》り渡《わた》したカリスマ性。

重ねて言うが、そんなスーパー美少女、御車響子が今、俺の隣の席に座っているのだ。清聖は一クラスの男子生徒数が少なすぎるため男女で机を並べることができず、席次は最初からクジ任せの完全ランダムだ。同じクラスになれただけでも僥倖《ぎようこう》なのに、俺は本当に運がいい。一生分どころか来世の分のクジ運も使い果たした気分だ。

「あっ、御車さまがこちらを向かれたわ……」

俺の右隣《みぎどなり》にいる女子が興奮気味に呟《つぶや》いた。周囲が固唾《かたず》を呑《の》み、一瞬《いつしゆん》の沈黙《ちんもく》が流れる。

「……ちょっとよろしいかしら？」

左から、ハープの調べにも似た現実味の薄《うす》い美声が聞こえてきた。

「…………」

それに答える者はいない。俺は正面を向いたまま机の上に視線を落としている。

「寝《ね》ているの？……聞こえないのかしら、彼」

ハープの調べが、訝《いぶか》しげな音色を帯びる。

「彼」？

半径二メートル以内に他の男子はいない。まさか……。そう思って、握《にぎ》った拳《こぶし》に汗《あせ》をにじませる。周りからの無言の圧力を感じて、おそるおそる左へ首を回した。

「……俺、ですか……？」

見た、見てしまった。

御車響子。誰もが憧《あこが》れる学園のマドンナ。俺とは別世界の生き物。

女子は言う。「その存在が、芸術」と。

男子は、憧れながらもこう思う。「その存在が、ツッコミどころ」と。

華奢《きやしや》な肩《かた》に降りかかる、カールのかかった長いブロンド。リボンの中央をばかでかい宝石のブローチで留め、襟元《えりもと》や袖《そで》にふんだんにフリルをあしらった貴族風セーラー服は、清聖の制服を作った有名デザイナー本人に発注したオートクチュールらしい。確かに、装《そう》飾《しよく》をすべて取り去れば他の女子たちと同じ格好になる気がする。染毛《せんもう》禁止、肩につく髪《かみ》はゴムで結ぶことが校則になっている校内で、ダントツに浮《う》いた存在であるのは間違《まちが》いない。

これが「清聖のルールブック」であり、風紀委員の役割も兼任《けんにん》する厳格な生徒会の長、御車響子の姿である。

「そう、あなた」

御車響子はまっすぐ俺を見つめていた。目が合った瞬間《しゅんかん》、ビリッと脳みそに高圧電流が流れ、全身の機能が停止して彼女を凝視《ぎょうし》してしまう。

大きな目に嵌《は》まった瞳《ひとみ》は胸元の宝石にも負けないくらい澄《す》んで輝《かがや》き、小さな顔に完璧《かんぺき》なバランスで並べられた他のパーツも、ミルクのように滑《なめ》らかで白い肌《はだ》も、そのすべてが崇《すう》拝《はい》に値する美しさだ。

そんなマリア像のごとき美貌の彼女の眉間《みけん》に、一筋の皺《しわ》が寄った。

「……ちょっと、耳を見せていただけるかしら？」

「えっ？」

俺の返事を待たずに、彼女は椅子《いす》から腰《こし》を浮かせ、こちらへ身を乗り出してくる。

「…………」

首筋に息吹《いぶき》を感じそうなくらい、彼女の顔が近くに寄ってきた。俺は正面を向いて凍《こお》りつく。周囲の女子たちの猛烈《もうれつ》な嫉妬《しっと》のまなざしを感じる。

「……あなた、ピアス穴を開けていない？」

思いがけないことを言われて、思わず自分の耳たぶを触《さわ》った。

「えっ⁉　いや、そんなことは……」

「でも、開いているように見えるわ」

「……この傷のことだったら、これは中一のとき、酔《よ》っぱらって帰ってきた母親に、寝てるところをふざけてピアッサーでやられた痕《あと》で……」

恥《はじ》を忍《しの》んで正直に説明したのに、彼女の眉間の皺はますます深くなる。

「お母さまが？　どうしてそんなことを？」

「うちの親、ちょっとヤンチャなんで……。でも、もう完全に塞《ふさ》がってます」

「わたくしが注意した方、みなさんそうおっしゃるわ。ちょっと待って」

そう言うと、彼女はスカートのポケットからフェルトの切れはしを取り出した。そこには生徒会長に似つかわしくない代物――小ぶりのピアスが一つだけ留められている。アクセサリーの所持は校則違反なのでは……と思ったが、会長が治外法権なのは彼女の姿を見れば一目瞭然《いちもくりょうぜん》だった。

「本当に貫通《かんつう》していないか、調べさせていただくわ」

「えっ!?」

会長本人による厳しい身だしなみチェックは、噂《うわさ》には聞いていた。一年のときには彼女とクラスが離《はな》れていたので、その様子を間近で見たことはなかったが。

「失礼するわ」

そう言うと、彼女は俺の耳たぶをつまんだ。細い指先から伝わる低めの体温が、薄い皮《ひ》膚《ふ》に柔《やわ》らかく溶《と》けていく。

「……本当ね。通らないみたい」

心臓のドキドキが最高潮に達した頃、その指は耳から離れた。

「疑ってごめんなさい。証明書を差し上げるわ」

椅子に座り直した御車響子は、『御車バイブル』の後ろの白紙ページに何かさらさら書きつけ、心なしか不器用そうな手つきでビリッとちぎった。

（『バイブル』破っちゃっていいのかよ⁉）

焦《あせ》って辺りを見回したが、そんなことにツッコミを入れているのは俺だけらしい。周囲の女子たちは彼女の一挙手一投足にうっとりと見入っていた。

「なんて羨《うらや》ましい……」

「でも、意外だわ。霧島《きりしま》さんって確か、孤高《ここう》を信条として男子のお友達すら作らない、学年一の硬派《こうは》と評判の殿方《とのがた》よ。違反とは無縁《むえん》そうなのに」

そんなつもりはまったくないが、どうやらそれが俺の清聖生による評価らしい。

「いずれにしても妬ましいわ。わたくしも欲しいのに、御車さまの証明書……！」

「わたくしも耳たぶに針を刺《さ》してみようかしら……」

怖《こわ》い……。

横顔に、背中に、三百六十度すべての方角から女子たちの怨念《おんねん》すらこもっていそうな視線を感じる。入学して丸一年、今この瞬間ほどいたたまれない思いをしたことはない。

(でも、ほんとにこんなもの欲しいか……?)

「はい、どうぞ」

いたって真剣《しんけん》な面持《おもも》ちで彼女から手渡《てわた》された紙きれには。

左耳、ピアス穴なし。
ただし、一ヶ月ごとにわたくしに点検させること!

生徒会長・御車響子

習字の心得もありそうなイメージ通りのきれいな字で、そんな文言が記されていた。名前の部分に重なるように、彼女の拇印《ぼいん》らしき朱色《しゅいろ》の指紋《しもん》が押されている。

「……ところで、あなた。霧島さんでよろしいかしら?」

なんとなく小さい頃《ころ》のままごと遊びを思い出して懐《なつ》かしい気持ちになっていると、御車響子にそう訊《き》かれた。

「え?……は、はい」

俺が頷《うなず》くと、彼女は少し身を乗り出す。

「名簿《めいぼ》でお名前を拝見したときから気になっていたのだけれど……もしかして、うちの寮《りょう》母《ぼ》の逸子《いっこ》さんの？」

「息子《むすこ》……です」

「まあ、やっぱり！」

驚《おどろ》きで開いた口を隠《かく》すように顔の前で五本指を広げ、御車響子は俺を見つめた。

「なんてご縁《えん》でしょう。新しいクラスでお隣《となり》の席だなんて」

「そ、そうですね……」

信じられない。俺を知ってくれていて、こんな風に話しかけてもらえるなんて、夢のように嬉《うれ》しい。けれども、女子からの呪《のろ》いが怖くて、微笑《ほほえ》もうとした口元は見事に歪《ゆが》んだ。

「よろしくお願いしますわね、霧島さん」

桃源郷《とうげんきょう》の果実のような瑞々《みずみず》しい唇《くちびる》をほころばせ、御車響子は俺に微笑んだ。心の中に、えもいわれぬ熱い想《おも》いが広がっていく。

俺はオタク荘《そう》の一階にある寮母の部屋に住んでいるけれども、女子寮であることを配慮《はいりょ》して、寮生とは顔を合わせないよう、勝手口から直接出入りしている。現に、今まで寮生たちと言葉を交わすような機会はなく、このまま残りの二年間を経て卒業するのだと思っていた。そして、そんな退屈《たいくつ》な高校生活の中で、おそらくその他大勢の男子と同じように、俺はなすすべもなく御車響子に憧れていた。

もしかしたら。こんな夢のようなことが毎日続いてくれたら……今年はひょっとしたら、ちょっとだけつまらなくない年になるかもしれない。

愚《おろ》かにもそんな期待をしてしまった俺に、神様はそこから怒濤《どとう》のサプライズをプレゼントしてくれるのだ。

□

その日の放課後、オタク荘に帰宅したときのことだった。

「ただいまー、今日も疲《つか》れた……」

学校で絶えず気を張っているのは骨が折れる。本当は周囲のお嬢様《じょうさま》たちが動くたびに漂《ただよ》ういい香《かお》りに鼻の下が伸《の》びそうになったり、床《ゆか》に落ちたえんぴつを拾おうとした前の女子のスカートのひらめきに釘《くぎ》づけになりそうになっているのに、ボロを出すまいと頑《かたく》なに興味のないふりをして黒板や教壇《きょうだん》の先生を見ているだけでも血涙《けつるい》が出そうに辛《つら》い。

そんな努力の対価が「学年一の硬派」という評判だと思うと、なんだか複雑な気分だ。

「母さん？　なんか食べていいもんあるー？」

勝手口から入り、靴《くつ》を脱《ぬ》ぐ前に居間の方へ視線を向ける。そこで気がついた。

部屋の中が、やけにがらんとしている。奥にある俺の部屋は襖《ふすま》が閉まっていて見えないが、台所も居間も家具以外のものがすっきり片付いていて、まるで引《ひ》っ越《こ》し前日のように生活感が消え失《う》せていた。

「……ヒデくん？」

勝手口に立ったまま首をひねっていると、ドアが半開きになった洗面所から母の声が聞こえた。続いてそのドアが開き、声の主が居間に現れる。栗色《くりいろ》のロングヘアと大ぶりのピアスがあまりアラフォーの母親らしくない、俺のたった一人の家族だ。

「お帰り～！　新しいクラスどお？」

「うん、まあまあ……っていうか、どうした、その荷物⁉」

母はその手に、パンパンに中身の詰《つ》まった革の旅行鞄《りよこうかばん》を提《さ》げている。

「え？　ああうん、今から出るところだったから」

「出るってどこに？　聞いてないよ」

「だって言ってないもん。恥《は》ずかしいじゃなぁい」

母はブリッコのようにウフフと笑い、俺の背筋がゾクッとする。

「……実はね、アタシ、新しいカレシができたの」

「えっ⁉　っていうか、前の人と別れてたの⁉」

「そおよぉ、やっぱこぶつきはイヤだって。ヒデくんのせいなんだからねー！」

大人げなく頰《ほお》を膨《ふく》らませる母を、俺は逆にエイッとにらみ返す。

「はあ？　いつも好き勝手やってて、フラれたときだけふざけんじゃねーよ」

「やだあ、怖い顔〜！　それに親にそんな口！　躾《しつ》けた人の顔が見たいわぁ〜！」

「ほら、そこに鏡があるだろ」

この母の言うことをいちいちまともに取り合っていたら話が先へ進まない。さっさと靴を脱いで、部屋に上がった。

「……で、母さんはこれからどこに行くわけ？」

「あ、その前に一つお願いがあるんだけど、聞いてくれる？」

「いいけど、何？」

「大したことじゃないの。これからしばらく、アタシの代わりに寮母やってくれない？」

それはまるで「ちょっとコンビニで牛乳買ってきてくれない？」と言うような気安い口調だったので、危うくあっさり頷くところだった。

「それはいいけど……って、えっ⁉　な……なんだって⁉」

「アタシ、これからカレんちに行くことになってるの〜！　『一緒《いっしょ》に暮らそう』って言われちゃって」

「ハァあああああああ!?」

「ヒデくんも連れて来ていいよって言われたんだけど、最初くらい二人っきりで過ごしたいじゃない？　カレと法的にゴールインできたら一緒に暮らそぉね！　ああ、憧《あこが》れの主婦生活だわぁ〜！　それまでは一応、寮の仕事も辞《や》めれないしね」

「『一応』じゃなくて、それが第一だろ！　なんだよ急に！」

いくらなんでも、社会人として責任感がなさすぎる。

「大人なんだから、そういうところはちゃんとしろよ！　母さんの店が潰《つぶ》れたあと、俺らがこの二年半安定して生活できてたのは、ここの寮母に雇《やと》ってもらえたおかげだろ!?」

「違《ちが》うわよぉ、アタシが毎日毎日、寮の子たちにご飯作ったり、大量のゴミ出ししたり、一生懸命《いっしょうけんめい》働いてきたからでしょ？　そのおかげでヒデくんも学校通えて、ご飯食べられたんでしょ？　だから、今度はしばらくヒデくんが働く番ってことでいいじゃない？」

「…………」

一瞬《いっしゅん》「そうなのか？」と思いかけて、いやいやと頭を振《ふ》った。

「寮母は母さんの仕事だろ！　俺、男だし！　女子寮の寮母なんかできないって！」

「そんなことないわよぉ。仕事なんて寮の子たちの朝食、夕食作りと、週二回のゴミ出しくらいしかないのよ？　ああ、あと大玄関《げんかん》の戸締《とじま》りね。まあそれはテキトーでいいから」

「そういう問題じゃなくて……」

「ああ～！　もしかしてぇ、あれだ！」

ニヤッといやらしい笑みを浮《う》かべて、母は俺を指差す。

「寮の子たちと『マチガイ』犯《おか》しちゃうとか？　そんなこと心配してる？　ヒデくんもお年頃《としごろ》よねぇ～！」

「ち、ちげーよ！」

御車響子のことを思い出し、意図せず顔が赤らんだ。

「だいじょぶよ～、ヒデくん、女の子に無理矢理ヘンなことできるような子じゃないし？　両想いならそーゆーことあってもいいんじゃない？　じゃ、アタシそろそろ行くから」

人がうろたえているのをいいことに、母は話の間に床に下ろしていた旅行鞄を摑《つか》んでそそくさと靴を履《は》く。

「じゃあねぇ～！　今日の夕飯は、もう食堂に用意しといたから！　ヒデくんの分はそこの冷蔵庫にあるからチンして食べてね！　明日《あした》は日曜だから朝食ないし、みんなの分のご飯は明日の夕飯からお願ーい！」

「いや、俺、料理なんかできな……」

「だいじょぶよぉ、レッツトライ！　最初はみんな初心者だからガンバッテ！」

朗《ほが》らかに言って手を振りながら、母は俺の隣をすり抜《ぬ》けて勝手口を出て行った。

「…………」

最後は言葉も出なかった。口をあんぐり開けて、母が出て行ったドアを見つめることしかできない。

「あっ、そうだ！」

「うわっ！」

そのドアがいきなり開いて、母が再び顔を出した。

「最初の仕事よ～、ヒデくん！　そこの箱、生徒さんの部屋に届けてくれる？」

「えっ？」

母の視線を追って振り返ると、部屋の正玄関の方に段ボール箱が置いてあった。

「御車さん宛《あ》てに届いた荷物だからねー」

ドクッ、と自分でも驚くほど心臓が大きく跳《は》ねた。

「じゃあね～、よろしく！」

バタンとドアが閉まる音で、我に返った。

「えーっと……これはどういうことだ……？」

頭の中で状況《じょうきょう》を整理していると、発生した事態のわりには、自身が冷静なことに気づく。母の仕打ちはありえないし、にわかに信じがたい。けれども、あの母だったらいつかこんな最低なことをやらかしてくれるのではないかという懸念《けねん》は常に心のどこかにあった。

とりあえず荷物を調べに行くと、それはリンゴが二ダースほど入りそうな大きめの段ボール箱で、側面に「鳴亀堂《めいきどう》」と書いてある。伝票の品名には「書籍《しょせき》」と記されていた。

「本屋から参考書でも買ったのかな……？」

彼女の好成績の秘密が、もしかしたらここにあるのかもしれない。それにしても、どっさり買い込んだものだ。

「……いつ届けよう」

今日は土曜日で、どの学年も顔合わせだけの進級初日だから、部活や委員会活動も始まっていない。生徒会長の彼女も用がなければ帰宅しているはずだった。

——よろしくお願いしますわね、霧島さん。

彼女の女神のような微笑みが、まだ目の前にちらついている。

「………」

早くこれを届けてしまわないと、他のことが手につきそうになかった。

予想はしていたが、本がみっちり詰まっているらしい段ボール箱は非常に重かった。

「よいしょっと！」

それを抱《かか》え、ここへ引っ越してきて初めて、廊下《ろうか》側の正扉《せいとびら》から部屋を出る。オタク荘は二階建てで、一階にあるのは玄関ロビーと2DKの寮母の部屋、それに寮生の食事のための食堂と大台所である。寮生の部屋は二階だけで、一階も二階も、共用空間はスリッパ履きが基本だ。廊下に置いたままだった母のスリッパを突《つ》っかけて、俺は数段ごとに休みながら階段を上った。

二階には、等間隔《とうかんかく》に並んだ部屋のドアがあり、表札代わりのプレートがついている。その中の、階段の右側、東の角部屋に「御車響子」のプレートを見つけ、箱を持って奥へ進んだ。動悸《どうき》がするのは、重い荷物を持って階段を上りきったせいだけではない。

「……御車さん」

ドアの前に立って、まずは箱を持ったまま声をかけた。すぐに手が痺《しび》れたので、廊下の床に箱を置く。

「御車さん？」

手が空いたので、今度はドアをノックして呼びかけた。

「霧島です。荷物を届けに来たんですけど……」

耳を澄《す》まして、少し待つ。中から返事はない。

「……どうしよう」

こんな重たい荷物、一階へ持ち帰って出直すのは正直面倒《めんどう》だった。かといって、個人の荷物を共用部分の廊下に放置するのもどうかと思う。

「まだ帰ってないのかな……」

鍵《かぎ》が開いてたら玄関に入れて帰れるのになと思って、軽い気持ちでドアノブを回した。

すると……。

「えっ⁉」

なんの抵抗《ていこう》もなく、ノブはくるりと回りきった。

「…………」

試されている、と思った。いくら施錠《せじょう》を忘れていたからといって、自分がいない間に俺が部屋に入ったと知ったら、帰ってきた彼女はきっと気持ち悪がるだろう。

（……待てよ）

でも、彼女はまだ俺の母が寮《りょう》を出て行ったことを知らない。荷物を寮生に届けるのは寮母の仕事だから、部屋に入ったのは当然母さんだと思うだろう。

それに、以前あの母はこんなことを言っていた。

――試験中だからって、誰《だれ》も廊下にゴミ出さないのよぉ。みんなが学校行ってる間に勝手にゴミ取っちゃおうかな～。お嬢様《じょうさま》って不用心だから鍵かけない子が多いのよね。

「……うん」

これなら大丈夫《だいじょうぶ》だ。勝手にドアを開けて荷物を玄関に入れるくらい、あの無神経な母ならやりそうである。

「し、失礼しまーす……！」

誰かに見られたときの予防線として、一応声をかけながらドアを開ける。

学園中の憧れ、男子はもちろん女子にも絶大な人気を誇《ほこ》るカリスマ生徒会長、御車響子の部屋……それは一体どんな素敵空間なのだろう。

体中の血液が逆流しそうなほどの興奮を胸に秘め、おごそかな気持ちで一歩中に足を踏《ふ》み入れた。

そして。

その先に。

広がっていた。

光景は…………！

「うぐぉあえええ◇%◎△●□!?」

自分の口から、聞いたことのないような叫《さけ》び声《ごえ》が出た。

「……なんだこれ……」

空き巣だ。冗談《じょうだん》抜《ぬ》きに、そう思った。

玄関と部屋を繋《つな》ぐ短い廊下の左手にバスルームのドアが見える、六畳《じょう》の畳《たたみ》敷《じ》きワンルーム。ドアを開ければ中が丸見えになってしまうそこに広がっていたのは、物盗《ものと》りにあったとしか思えないほど散らかった部屋だった。

しかも、だ。

「なんだあれ……漫画《まんが》……？」

数種類の少年漫画誌が、種類ごとに堆《うずたか》く積まれて高層ビル街の様相を呈《てい》している。雑誌だけでなく単行本もあって、そちらはシリーズごとに壁《かべ》の本棚《ほんだな》にびっしり並んでいた。

「おおお……！」

一瞬にして胸の奥から懐《なつ》かしい気持ちが湧《わ》いてきた。俺も好きだった有名タイトルもあり、手に取って読み始めたい衝動《しょうどう》にすら駆《か》られる。が、ちょっと待て。ここはどこだ？

「御車響子と、漫画……？」

校内への娯楽《ごらく》物の持ち込みを禁じ、漫画の貸し借りすら認めず、生徒の持ち物検査に精を出す彼女にはまったく似つかわしくない。女子が九割の清聖生から没収《ぼっしゅう》したものにしては、少年向けばかりなのも気になる。

それだけではない。部屋の中央にある低い丸テーブルの上と下と畳《たたみ》の全面、廊下の床にまで、真っ白いコピー用紙大の紙が散らばっている。よく見ると物が多いだけでそれなりに整理整頓《せいりせいとん》されている部屋を、やたらと散らかった印象にしているのはそれだった。

足元の一枚に手を伸《の》ばし、拾い上げる途中《とちゅう》で気づいた。これは漫画原稿《げんこう》だ。しかも……。

「……ひぃいいいいぃっ！」

気づいた瞬間《しゅんかん》、再び勝手に悲鳴が出た。

その原稿用紙には、下描《したが》きの上からペン入れされた漫画が描《か》かれている。素人《しろうと》の作品だとしたら異様に絵が上手いが、問題はそこではない。

『でも、俺たち友達だし……男同士だよ？』

『それでもかまわない。俺はお前が好きだ』

吹《ふ》き出《だ》しに書かれた鉛筆《えんぴつ》書きのセリフは、今朝、御車響子からもらった「証明書」のものとそっくりのきれいな字だった。

「び、びーえる……」

頭がくらくらした。

ボーイズ・ラブ、通称《つうしよう》ＢＬ。詳《くわ》しいことは俺も知らないが、女性オタクの間で昨今流行しているという、男同士の恋愛《れんあい》を描《えが》いた漫画や小説のジャンルだ。

この部屋に漫画誌があるだけで驚《おどろ》きなのに、そんなマニアックな趣味《しゅみ》を、まさか……。信じない。そうだ、あれもこれも全部、没収品に違《ちが》いない。

だって、彼女がオタクだとしたら、俺は何のためにオタクを卒業したんだ。清らかな心を持つ清聖生に憧《あこが》れ、その代表である彼女を一方的に慕《した》っていた俺は……。

「……と、とりあえず荷物を置いて帰ろう」

そうだそうだ、それがいい、と独り言を言いながら、廊下へ段ボールを取りに行った。手と足が同時に出て、矯正《きょうせい》しようとしたらなぜか口から舌が飛び出た。さっきまでとは違う意味で心臓がドコドコして、脳から身体《からだ》への指令がうまくいかない。

「よいしょっと……」

段ボール箱を持ち上げ、部屋の中を向いた。

「………………」

やっぱり夢じゃなかった。部屋には漫画と、散乱したＢＬ原稿《げんこう》がある。

「しっ、失礼しました！」

さっさとここから逃《に》げようと、段ボール箱を玄関《げんかん》内に置こうとしたとき。

「うわあっ！」

ドアと廊下の間にある床《ゆか》の出っ張りにつまずいて、身体が宙に投げ出された。

ドボサッ！

手から勢いよく放たれた段ボール箱が、部屋の中へ飛んでいく。おそらく運ぶ途中でガムテープがはがれかけていたのだろう。不運にも蓋《ふた》が開いて、中身が部屋にぶちまけられた。

中から出てきた本は、たぶんＢＬ同人誌。薄《うす》いＢ５判の冊子が何冊も宙を舞《ま》い、その表紙のすべてに男同士がいちゃつくイラストが描かれている。

前のめりになった身体が玄関の床に倒《たお》れるまでの刹那《せつな》、そんな光景をスーパースローカメラの映像のようにやたらゆっくりとした時の流れの中で見ていた。

「……ううっ……」

久方ぶりに、転倒《てんとう》と呼べる転倒を経験した。思いきり両膝《りょうひざ》を打って、お皿の部分がジンジンする。目の前で「ガチャッ」という音が聞こえた気がしたけれども、声も出ないほどの痛みにもがき苦しんでいてそれどころではない。

ようやく人の気配に気づいたのは、その声が聞こえたときだった。

「霧島さん……？」

ハープのような癒《いや》しの調べ。この美声の持ち主は……。

「……!?」

勢いよく顔を上げると、そこにいたのはやはり御車響子、その人だった。

「う……うわっ！　ごっ、ごめ……！」

床に伏《ふ》せる格好で倒れていた俺は、彼女を二度見して跳《は》ね起きた。

彼女は服を身に着けていなかった。正確に言えば、バスタオル一枚を胴《どう》に巻いて、おそらく素肌《すはだ》と思われる身体の大事な部分だけを覆《おお》っている。すらりとした美しい手足と、産毛の一本すらなさそうな透明《とうめい》な素肌がまぶしくて直視できない。

たぶん、彼女は今までバスルームにいたのだ。しどけなく濡《ぬ》れたブロンドの毛先を見てそう思った。

「すっ、すいません！　俺が母で、これから彼氏とＢＬで！　荷物を……！」

自分でも何を口走っているのか意味不明だった。

「荷物……？」

訝《いぶか》しげに首をかしげた彼女が、俺の見ている方向……部屋の中へ目をやった。

「あっ……！」

そうして、次の瞬間。

「きゃあああああああああああああっ！」

癒しの美声が、超音波《ちょうおんぱ》のような金切り声を紡《つむ》ぎ出した。

「見ないで！」

「見てない！　まっっったく見てません！」

彼女のまぶしい裸体《らたい》から顔を背《そむ》けて手を振《ふ》り、必死に見てないアピールをする。

「ウソよ！　見たでしょ！　まだ誰にも見せたことがないのに！」

「見てない！　ほんとに全然見てない！」

「ひどいわ！　しかも男の人に見られるなんて……！」

「だから見てないってば！」

見たいけど！　ほんとは死ぬほど見たいけど……！

「ウソよ！　だってあなた今、ＢＬって言ったじゃない！」

「えっ……？」

裸《はだか》の話だと思っていた俺は、そこで彼女の方に顔を向けた。

「うわっ！」

だが、一瞬《いっしゅん》で再び顔を廊下《ろうか》へ向けた。びっくりして死ぬかと思った。

御車響子は全裸《ぜんら》だった。バスタオルを投げ捨て、床に這《は》いつくばって四肢《しし》を広げ、彼女が必死に隠《かく》していたのは……。

「見たんでしょう、わたしの漫画！　インクを乾《かわ》かすために広げておいたのに……！」

散乱した漫画原稿だったのだ。

「しかも、わたしがネットで買った18禁同人誌まで！」

「えええええっ⁉」

「バカっ！　カバっ！」

ドコドコと足音がして、頭を何かで猛烈《もうれつ》にはたかれる。見ると、全裸の御車響子が床に散らばった同人誌を拾って得物にしているのだった。

「うわっ！　やめろって！　っていうか何か着て！」

「えいっ！　バカっ！　死ねっ！」

しかし、平素からの育ちのいいおっとりとした物腰《ものごし》のせいか、その言葉にあまり迫力《はくりょく》は感じられない。

「うわあああん！」

とうとう、御車響子は手にした同人誌を放り出して床に突《つ》っ伏《ぷ》した。

「笑うんでしょ、あなた。真面目《まじめ》で風紀に厳しい生徒会長が、自分で同人まで描いちゃってる痛々しいＢＬ好きの腐女子《ふじょし》だったなんて！」

「い、いや、笑わないよ……」

HONNY

 っていうか笑えない。それより心臓に悪いので、とにかく何か羽織って欲しい。

「こんなの知られたらおしまいだわぁああ！　会長の威厳失墜《いげんしっつい》よぉぉおう」

「じゃ、じゃあ声小さくした方がいいんじゃ……！」

とりあえずこんな場面を他の寮生《りょうせい》に見られたらコトなので、立ち上がって玄関のドアを閉めた。すると、御車響子は顔を撥《は》ね上げて俺を見る。

「な……何!?　ドアなんか閉めて、何をするの!?」

「ええっ!?　別に何も……」

「わたしに乱暴なさるの!?　エロBL同人みたいに！」

「しないよ！　っていうかなんでBLなんだよ！」

「えっ……違うの？」

御車響子は、拍子抜《ひょうしぬ》けした顔になる。

「おかしいわ……。こんなときは『そんな格好見せられたらガマンできねーよ。いいよな？』『ああ、俺もお前のことが好きだよ……』とか言って18禁シーンに突入《とつにゅう》するのに」

「だから、なんでBLなんだよ！」

ツッコんでいるうちに、いつの間にかタメ口になっていた。

「なんでって……わたし、恋愛漫画《れんあいまんが》はBLしか読まないし」

気まずそうにモジモジして、御車響子は自分の胸の辺りを隠す。ようやく自分が裸であることに留意してくれたようだ。

「ほ、ほら、これ！」

テーブルの下にバスタオルを見つけたので、急いで取りにいって渡《わた》してやった。

「今日からちょっと母さんが家を空けることになって、その間、俺が寮母《りょうぼ》の仕事をすることになったんだ！　君宛《あ》ての荷物を届けに来たんだけど、留守かと思ったから置いて帰ろうとして……勝手にドアを開けたのは悪かったよ。何も見なかったことにするから！」

やけくそのように一気に言って、彼女の横を通って玄関へ向かった。

あの御車響子がオタク、それもBL好きの腐女子だった……。

……ショックすぎて、なんと言っていいのかわからない。俺の中の完璧《かんぺき》なお嬢様《じょうさま》、御車響子像が、ガラガラと音を立てて崩《くず》れて行く。

「あっ、ま、待って！」

抜《ぬ》けがらのように放心しつつドアを閉めようとしたとき、御車響子が叫《さけ》んだ。振り返ると、彼女は最初に見たときのようにバスタオルを身体に巻いて立っていた。

「ねえ……気持ち悪いと思った？」

「えっ……な、何が？」

　俺が訊《き》くと、彼女はそっと俯《うつむ》いた。その表情はいつも学校で見るような凜《りん》としたものではなく、不安に曇《くも》り、消えてしまいそうに自信なさげだ。

「わたしのこと……。ＢＬ漫画《まんが》なんか描いてて、ＢＬ同人誌も集めてて、軽蔑《けいべつ》なさったんじゃないかしら？」

「い、いや……軽蔑までは行かないけど」

　非常に驚いたし、だいぶガッカリしているのは事実だけれども。

「君が……オタク、だなんて夢にも思わなかったから……ただ、びっくりして……」

「……ＢＬは？　どう思う？」

「えっ？」

「やっぱり男の人にとっては気持ち悪い？　腐女子を憎《にく》んでらっしゃる？」

「憎むって……」

　別にそこまで強い嫌悪感《けんおかん》があるわけではないが、なんとなく気持ち悪いと思っているのは事実だ。でも、そんなあからさまなことは言えない。

「……今まで見てこなかったジャンルだし、よくわからないな……。別にＢＬじゃなくても、興味がないから見たくないものってあるだろ？　そういう意味で、敬遠してるけど」

「……そう」

俺の答えに納得してくれたのか、彼女は顔を上げた。

「ありがとう。わかったわ」

その顔は、さっきよりいくらか晴れ晴れとしている。

「じゃあ、そういうわけだから……」

まだ心臓がバクバクしている。今度こそ帰ろうとドアを閉めかけたとき、またしても彼女の声が飛んできた。

「待って、えーくん！」

それを聞いて、ドアを閉めようとしていた手が止まった。

「え、えーくん……!?」

「えーくんでしょう？　霧島英君《えいくん》。部屋のプレートでいつも見ていたわ」

「いや、俺の名前は……」

「『ひできみ』と読むのはわかっていたの。でも、響《ひび》きがいいから、心の中でずっと『えーくん』とお呼びしていたのよ」

俺の言葉を遮《さえぎ》った彼女は、きらきらした笑顔でそう言った。

どうしよう。でたらめに可愛い。

「………」

惚《ほ》れるな、英君。これは望みのない恋《こい》だ。そして、この天使のような美少女はオタクで、自分でBL漫画を描《か》いてしまうくらいの腐女子なのだ。

「あっ、いつまでもこんな姿では失礼よね。ちょっと待っていらしてね、えーくん！」

そう言うと、彼女はバスルームに引っ込んだ。激しい衣擦《きぬず》れの音が聞こえたかと思うと、続いて何かぶつぶつ呟《つぶや》いている声が聞こえてくる。耳を澄《す》ませると、どうも「これはチャンスよ。勇気を出して、響子！」などと言っているようだが……？

「……お待たせ、えーくん！」

バスルームのドアが開いて、御車響子が飛び出てくる。彼女は、レースとフリルが至る所にあしらわれたお嬢様風ワンピースに着替《きが》えていた。飛び出た勢いでそのままこちらに来た彼女は、廊下に散らばっていた同人誌を踏《ふ》んで前に軽くつんのめる。

「きゃっ！」

「えっ!?　だいじょぶ……」

反射的に駆《か》け寄ろうとした俺の足元が、ありえないくらいするっと滑《すべ》った。

「うわっ！」

自分も同人誌を踏んでしまったのだと気づいたときには、俺は倒《たお》れ込んできた彼女を抱《だ》き留める格好で床に滑り込んでいた。

「……いたた……」

完全に頭を打った。御車響子の下敷《したじ》きになったので、彼女が着地した胴体《どうたい》も痛い。

下敷き……⁉

ドキン、と心臓が大きく鼓動《こどう》する。苦痛で瞑《つぶ》っていた目をおそるおそる開けると、俺の視線のまっすぐ先に、御車響子の綺麗《きれい》な顔があった。彼女は俺の腹部に馬乗りになる形で座り、驚《おどろ》いたように目を大きく開いて、真下にいる俺を見つめていた。

俺の胸に載《の》せられた彼女の両手から、ドキドキが伝わってしまわないだろうか。彼女の太腿《ふともも》が触《ふ》れている脇腹《わきばら》が熱い。俺と目が合うと、彼女はほんのり頰《ほお》を紅潮させた。

（なんだ……？）

彼女は俺をじっと見つめたきり瞳《ひとみ》を動かさない。だから俺も目を逸《そ》らせなくて、俺たちは無言のまま何秒も見つめ合った。

（これは、もしかして……）

――ずっと前からえーくんのことを見ていたの。わたしと付き合って。

まさか。そんなことありっこない。そう思うけれども、動悸《どうき》は止められない。

「……あのね、えーくん。わたし、ずっと前から……」

御車響子が、覚悟《かくご》を決めたように口を開いた。その声が緊張《きんちょう》で震《ふる》えている。

「ずっと前から……」

嘘《うそ》だろ……？　まさかほんとに……!?

「わたし……」

俺の興奮はもう最高潮だ。

「……ＢＬ漫画《まんが》家《か》になりたかったの！」

告白されてしまった！

……と思ったのも一瞬のことで。

「……えっ!?」

どうやら、告白は告白でも、思っていたのとは違《ちが》う種類の告白だったようだ。

「……ＢＬ……漫画家……？」

「そう！　そうなの！　だから、生半可な気持ちで漫画を描いているわけではないの！」

無難なところで、家業をついで華道《かどう》の家元。兼業《けんぎょう》するなら名家の人望を活《い》かして政治家か、美貌《びぼう》を活かした女優、頭脳を活かすなら医者や国際弁護士など、好き勝手に未来を嘱《しょく》望《ぼう》される御車響子の将来の夢が、まさかのＢＬ漫画家。全校が震撼《しんかん》する事実だ。

「そのことを、言いたかったの。あなたは正直な方で、信頼《しんらい》できそうだから。お友達になれるかと思って」

「おっ、お友達ィ!?」

全校生徒が憧《あこが》れる生徒会長の御車響子と、落ちこぼれの男子生徒その一の俺が!?

「ダメかしら……？　わたし、学校にお友達がいなくて」

「えーっ!?　そんなわけ……」

物憂《ものう》げに言う彼女に反論しようとして、学校での彼女の姿を思い浮《う》かべた。

全校生徒が憧れる生徒会長・御車響子は、いつも颯爽《さつそう》と廊下《ろうか》を歩いていた。背筋の伸《の》びた凜とした佇《たたず》まいで授業を受け、生徒会長としての仕事を完璧にこなし、休み時間は一人静かに本を読む……そんな姿に、周りの者たちは少し離《はな》れたところから陶酔《とうすい》したまなざしを注いでいた。

「昔からそうなの……。わたし、自分ではちゃんとやっているつもりなの。みんなに好かれたくて学校生活を一生懸命頑張《いつしようけんめいがんば》っているのに、なぜか馴染《なじ》めなくて」

彼女は顎《あご》を引き、悲しそうに視線を落とす。

「それは……真面目《まじめ》に頑張りすぎて、逆に近寄りがたくなっちゃったとか……？」

「そう、わたしもそう思ったの！」

俺のコメントに、彼女は勢いよく頷《うなず》いた。

「だから、高校に入ったら絶対に『ワル』になってやろうと思ったの！　それで髪《かみ》を染めてパーマをかけて、制服も違反物《いはん》をいっぱいつけてオーダーして、完璧な不良になって入学したのよ！　なのに……」

と、再び肩《かた》を落とす。

「入学早々、なぜか『御車響子はフランス貴族の末裔《まつえい》』とかいう噂《うわさ》が流れて、誰《だれ》もわたしを不良だと思ってくれなかったの……。うちは華道の家元で、純日本人の家系なのに。挙句の果てに生徒会に推薦《すいせん》されてしまって、やるからには頑張らなくちゃと思って、校則を一つ一つノートに書いて覚えたりしていたら、いつの間にか『御車バイブル』とか言われて『清聖のルールブック』なんてあだ名をつけられてしまって、もう完璧な生徒会長を演じるしかなくなって……」

「そ、そうだったのか」

どうやら彼女は思っていたよりも不憫《ふびん》な少女らしい。同じく学校で誤解されている身としては親近感が湧《わ》いた。

「どうしてこうなってしまったのかしら……。今さら身なりを変えることもできないし」

「御車さん、雰囲気《ふんいき》が上品だしな……。それに、何事もちゃんとやっちゃう人は不良に向かないよ。不良ってのはたぶん、性根《しょうね》がいい加減でだらしないんだから」

自分の母親に対する憤懣《ふんまん》を織り交ぜて言っただけなのだけれども、それを聞いた御車響子はなぜか目を輝《かがや》かせた。

「すごいわ！　わたしのことをそんなにわかってくれる方は初めてよ」

「えっ⁉　いや、そんな……」

「ねえ、聞いてくださる？」

彼女は興奮気味で、いつの間にか俺の制服の胸元をぎゅっと握《にぎ》っている。

「わたし、今月末、初めてイベントに出て同人誌を出すの。あれはその原稿《げんこう》。でも、会場で同人誌を買ったことがないから、イベントがどういうものなのかよくわからなくて」

イベントというのは、たぶん同人誌即売会《そくばいかい》のことだろう。同人誌即売会とは、自分が作った同人誌を売りたい人が参加費を払《はら》って集まり、与《あた》えられたスペースで、来場したお客さんに直接本を販売《はんばい》する催《もよお》しだ。その最大のものが「コミックマーケット」、通称《つうしょう》「コミケ」であり、毎年お盆《ぼん》と年末に東京ビッグサイトで数十万人もの客を集め、テレビのニュースでも必ず取り上げられている。元オタクとして、それくらいのことは常識だった。

「……俺もよく知らないよ。同人イベントのことなんて……」

「それでもいいの、お願い、わたしと一緒《いっしょ》にイベントに行って！」

「ええっ⁉」

びっくりして、真上にある彼女の美しい顔をまじまじ見てしまう。

「他に頼《たの》める人がいないの……。一人で人の多いところに行くなんてこわくて。お父さまとお母さまは、わたしがオタクだなんて知ったら失神なさってしまうから、家の人たちに付いてきてもらうこともできないし……」

御車響子は、捨てられた子犬のように頼《たよ》りなさげな表情でうなだれる。

「今日えーくんに秘密を見られたのは、神様からの救いだと思うの。だから……お願い！」

彼女は必死なまなざしを俺に向けてくる。

完全無欠の生徒会長のこんな姿を、一体清聖生の誰が想像できるだろうか。

親しい友達もいない、誰にも秘密を打ち明けることのできない彼女は、今日初めて言葉を交わしたような俺を頼るくらい、追いつめられているのだ。

「……わかった」

まだ色々と整理がつかないけど、ずっと憧れだった彼女からの頼まれごとを断るわけにはいかない。

「俺でよければ付いていくよ、イベント」

「ほんと……!?」

御車響子の大きな瞳が、輝きを増して俺を見つめた。

「ありがとう！　嬉《うれ》しいわ、えーくん！」

「それで、行きたいイベントはいつ？」

「日曜日……明日《あした》よ」

「明日ぁ⁉」

なんとも急な話で驚いていると、彼女はしゅんとした顔になる。

「ダメなら、来週のオンリーでも……。そうよね、明日だなんて、ご予定がおありよね」

「いや、別にない」

悲しいことに、そこは即答《そくとう》できてしまった。

「……でも、寮《りょう》の夕飯を作らなきゃならないから、夕方の四時には帰らないと……」

「本当⁉　もちろんそれでいいわ！」

学校一の高嶺《たかね》の花《はな》で、学園中の注目と憧れの的の彼女。同じクラスで、しかも隣《となり》の席になれて、これ以上の幸運などないと思っていたのに、とても現実のこととは思えない。

だけど、俺の現実は、今だいぶおかしなことになっている。

突然《とつぜん》母に家出され、現役男子高生でありながら女子寮の寮母になってしまった。挙句の果てに、憧れの御車響子はBL漫画家を目指すオタクの腐女子《ふじょし》だった。こんなめちゃくちゃな展開、夢の中でしか起こりえない。そうとわかれば、目が覚めるまでとことん楽しんでやる。半ばやけくそな気持ちで、そう思った。

「……本当にありがとう、えーくん」

俺の上にいる御車響子は、大きな目を細めて微笑《ほほえ》んだ。それからふと気づいた様子で
「あっ！」と叫《さけ》び、慌《あわ》てて俺から降りて、腰《こし》を抜《ぬ》かしたように床にぺったり座った。

「いやだわ、わたしったら……！　ごめんなさい、男の方に跨《また》がったまま……」

真っ赤になった彼女は、本当に今気がついたらしい。それくらい話に夢中だったのか。

「い、いや、俺は大丈夫《だいじょうぶ》だよ」

不可抗力《ふかこうりょく》だし、役得だったので問題ない。それでも恥《は》じらった様子で縮こまっている彼女に、俺は言ってやった。

「気にしなくていいよ。俺たち、友達になるんだろ？」

すると、彼女の表情がぱっと華《はな》やいだ。

「……そう……そうよね……！　ありがとう、えーくん」

そして、学校中の生徒を虜《とりこ》にしている美しい顔をほころばせ、囁《ささや》くように俺に言う。

「じゃあ、約束してくださる？　この部屋で見たことは、わたしたち二人だけの秘密よ？」

「うん。……約束する」

俺がぎこちなく頷くと、彼女の女神めいた美貌がさらなる喜色《いろど》で彩られる。その様子を、まさに夢の中にいるような心地《ここち》で、しばらくの間ぼうっと眺《なが》めていた。

2

翌朝、目が覚めても俺の夢は終わらなかった。

「あっ、えーくん！」

待ち合わせの駅のホームにて、ベンチに座っていた御車響子《みくるまきょうこ》は、遠目で俺を見つけて立ち上がった。

彼女は水色のワンピースを着ていた。またしてもオートクチュールなのか、襟《えり》と袖《そで》にたっぷりのレースがフリル状についている。たぶんこれが彼女の趣味《しゅみ》なのだろう。

「お待たせ。早いね、御車さん」

足元がふわふわしているのは、彼女の私服姿がまぶしいからだけではない。

「そうなの。イベントが楽しみで眠《ねむ》れなくて、早めに出てきてしまったの」

「そっか」

実は、昨夜《ゆうべ》は俺もほとんど寝《ね》ていない。ただし、それはイベントに対してではなく御車響子と出かけることによる興奮のせいだった。

（だって、これってデートみたいなもんだろ……？）

たとえ行き先が同人イベントであろうと、女の子と二人きりで出かけるなんて、しかも相手があの御車響子だなんて、俺にとっては眠気《ねむけ》も吹《ふ》っ飛ぶ一大事だ。

「……で、清聖の生徒には会わずに来れた？」

黙《だま》っているとドキドキしてしまうので、自分から話を振《ふ》る。あの御車響子がオタクイベントに行くのだから、なるべく人目につかないよう、彼女とは乗換駅《のりかええき》ホームでの待ち合わせにしたのだった。

「ええ、少なくとも二年生以上の方とは誰ともお会いしなかったわ。わたし、生徒会長になってから、頑張って全校生徒のみなさんのお顔とお名前を暗記したの。だから確実よ」

「えっ、マジで!?　すげー……」

彼女の熱狂《ねつきょう》的な人気は、本人のこういう努力に裏打ちされているのかもしれない。

「じゃあ、あとはりんかい線で一本だし、大丈夫だな」

清聖の最寄り駅は、都心から電車で一時間弱の少し鄙《ひな》びた住宅街にある。生徒はほぼ県内の出身なので、本来なら寮など必要ない。昔は第三まであったという寮がオタク荘《そう》しか現存していないのも、躾《しつけ》のための寮生活というのが前時代的な風習になったからだろう。

「……そういえば、御車さんはどうして寮に？」

　彼女の実家は、その家柄《いえがら》から連想される通り、都内の有名な高級住宅街にあるのだと噂で聞いていた。

「実家からも通えない距離《きょり》じゃないんじゃ？　確かに少し遠いだろうけど」

「……そうね」

「というか、そもそもどうして清聖に？　お嬢様《じょうさま》学校なら都内にいっぱいあるのに」

　ずっと疑問に思っていたことをぶつけてみると、彼女はわずかに俯《うつむ》いた。そこでちょうど電車がやってきたので俺たちは乗り込み、埋《う》まった座席の前に並んで立った。

「……わたし、家を出たかったの。漫画《まんが》が描《か》きたかったから」

　何か悪いことを訊《き》いてしまったのかと気まずく思っていたとき、傍《かたわ》らの彼女は言った。

「清聖は、それには絶好の学校だったわ。隣県《りんけん》のナンバーワン私立で、伝統あるお嬢様学校。お父さまとお母さまにも受験に賛成してもらえて、入学が決まったときは実家から通うよう入寮を反対されたけど、寮母さん付きの女子寮があるから、入寮して短縮した通学時間を勉強に当てたいって説得できたし」

　さすが才女、なかなかの策士ぶりだ。

「お父さまたちにBL漫画家になりたいなんて言えないもの。実家では作業できないわ」

「じゃあ、ご両親には夢のことはずっと隠《かく》しておくってこと？」

「それは……、デビューできてちゃんと仕事をするようになったら、いつか打ち明けなければいけないと思うわ。でも……」

しっかりした口ぶりが、彼女の強い意志をうかがわせる。

「実現できない夢なんて、夜に見る夢と同じだもの。人に語るようなものではないわ」

そのときなぜか、ガツンと後頭部を殴《なぐ》られたような衝撃《しょうげき》を感じた。

幼い頃《ころ》、俺にはなりたいものが色々あった。サッカー選手を夢見て近所の子たちとボールを蹴《け》り、ドラマの中の警官に憧《あこが》れ、小学校の卒アルには「消防士になる」と書いた。架《か》空《くう》のキャラたちに熱狂したのも、強くてカッコイイ男になりたかったからだ。

なりたいものがなくなったのは、一体いつの頃からだろう。御車響子は、あの頃の俺のように、未《いま》だに夢を持っているのだ。

「でもね、昨日えーくんに原稿を見られて、誰《だれ》かに夢を打ち明けることができてよかったなと思ったの。わたし、こんな恥ずかしい思いをしても本当にBL漫画家になりたいんだわって、改めて思えたから」

隣の御車響子が、こちらを向いて俺を見つめた。彼女の背《せ》丈《たけ》は俺の肩《かた》くらいで、女子としても決して大きい方ではない。だが、その存在は巨大《きょだい》でまぶしくて、直視するのに目を細めてしまう。

「……そうか」

昨日はマイルドに言ったけれど、腐女子にいいイメージなんてあるわけがなかった。憧れの彼女がオタクであることすら、まだ受け入れられない自分がいる。だけど。

御車響子の秘密を知らなかったら、俺は今、こうして彼女と肩を並べて会話することなんてできていなかっただろう。腐女子だった彼女にガッカリして、残念な子だな……と思う気持ちがあるからこそ、まあまあ普通《ふつう》に接することができている。

彼女だって、自身を残念だと思うからオタク趣味を秘密にしているんだろう。やめられるくらいなら、とっくに足を洗っているはずだ。俺が高校入学を機に脱《だっ》オタしたように。

(結局、俺は趣味に対してその程度の情熱しかなかったってことなんだよな……)

そのことに気づいてしまったから、彼女の言葉がなおさら胸に響《ひび》く。

「……叶《かな》えられるといいね、その夢」

苦い思いを噛《か》みしめながら言ったその気持ちに、けれども偽《いつわ》りはなかった。

「すごい……人がいっぱいだわ！」

国際展示場駅に着くと、電車から同じ目的と思われる女性たちが大量に降りた。エスカレーターで地上に上がり、臨海地区特有の無機質に広大な景色の中、俺たちは人に流されて駅前を歩いた。

「開場直前なら空《す》いているかと思ったのに……そんなことはないのね」

電車の中で聞いたところによると、本日のイベントは十一時から十五時までだそうだ。

「今さらだけど、今日ってどんなイベント？　ちっちゃいコミケって感じ？」

「ええ……そんな感じだと思うわ。わたしが今月末サークル参加するイベントと同じ会社がやっている、オールジャンルの即売会《そくばいかい》なの。でも、参加者はほとんど女性だと思うわ」

「どうして？　コミケは男も多いだろ？」

「わたしには理由はわからないけど、コミケ以外の同人イベントは、オールジャンルと銘《めい》打《う》っていても、男性向け、女性向けの棲《す》み分けが暗黙《あんもく》にされているの。男性向けなら『コミ1』とか『サンクリ』とかが、オールジャンルの二次創作同人イベントだと聞くわ」

「ああ、聞いたことあるなあ……」

オタク時代を思い出して呟《つぶや》くと、こちらをじっと見つめる御車響子の視線に気がついた。

「もしかして、えーくんはオタクのことに造詣《ぞうけい》がおありなの？」

「えっ⁉」

その瞳《ひとみ》がキラキラしているのに気がついて慌てる。

「い、いや、造詣だなんてそんな……。昔、ちょっと漫画とかゲームとかにハマってたってくらいだよ。高校に入ってすっかり離《はな》れちゃったし」

それを聞いて、御車響子はしゅんとなる。

「そう……、そうよね。清聖生にガチオタなんていないものね……」

「そ……そんなことないよ、きっと」

確かに、限りなく可能性は低いが、肩を落とす彼女が気の毒でついそう言ってしまった。

「いいの……わかっているわ。清聖生にオタクはわたしだけ。わたしは独りぼっちよ」

「そんなことないよ。俺だって、できることがあれば協力するし」

励《はげ》ますつもりで言ったのだが、それを聞いて彼女がピクリと反応した。

「……それ、本当におっしゃってる……？」

歩きながらチラリと俺を上目づかいに見る彼女は、困ったような恥ずかしそうな表情でモジモジと自分のトートバッグに手をかけている。

「え……？　もしや、何か、今すぐ俺に協力できることが……？」

気配を察して尋《たず》ねると、彼女は図星を指されたことを恥じらってか、頬《ほお》を紅潮させた。

「あ……ええ。面倒《めんどう》だったらお断りしてね。えーくんはパンピーだし、どうかと思ったのだけど、こんなこと、わたし、えーくんにしかお願いできないし……」

「いいよ、何？」

そんなことを言われたら、相当面倒くさいことを頼《たの》まれても引き受けたい気持ちになってしまう。すると、御車響子は鞄《かばん》から何かの紙を取り出した。

「……これなの。見てくださる？」

見せられたA4のコピー用紙には、エクセルで作った表が印刷されていた。細かい枡《ます》の一つ一つに、何かの番号と名前、それにタイトルのような言葉が記入されている。

「今日の目的はイベントの雰囲気《ふんいき》を知ることだけど……どうせなら、お買い物もしたいなと思って、昨夜頑張《がんば》ってサークルチェックしたの」

「お願いって……もしかして、ここに書かれてる同人誌を買うってこと？」

俺が訊くと、彼女は控《ひか》えめにこくりと頷《うなず》く。

「初めてのイベントだから、欲しい本がいっぱい出てきてしまって……。同人誌は当日中の完売も多いと聞くし、一人では回りきれないだろうと思って困っていたの」

「……わかった。これを買ってくればいいんだね？」

リストは二枚あり、二枚とも下までびっしり埋まっていて、ちょっと気が遠くなる。

「ええ……。男の方にBL同人誌は厳しいと思うから、中は見ないで、そこに書いてあるタイトルの本を買っていただけたら」

「了解《りょうかい》、そうするよ。リストは二枚あるから、一枚ずつ担当ってことでいいのかな？」

「えっと……あの……」

答えづらそうに、彼女は自分のトートバッグに目を落とす。

「リストは、もうあと二枚あるの……」

「……なるほど」

では、この二枚ともが俺の担当ということか……。

「ごめんなさい。すっごく、すっごく厳選したのだけど、どうしてもこれ以上は減らせなかったの。だから……完売とかはあると思うけど、一冊でも多く買ってきていただけたら、とても嬉《うれ》しいわ……」

男を下僕《げぼく》のように顎《あご》で使っても許されるほどの美貌《びぼう》を持つ彼女が、俺なんかに精いっぱい気を遣《つか》っている。それがいじらしくて嬉しくて、快く引き受けざるを得ない。

「わかった。なるべく全部買えるよう努力するよ」

男らしく頷いてみせると、彼女の顔がぱっと華《はな》やぐ。

「本当……!?　ありがとう、えーくん」

「別にそれくらいいいよ」

彼女の感謝のまなざしがまぶしくて、ついカッコつけてそっけなく答えてしまう。

「すごく有難《ありがた》いわ……。お金はこちらを使ってね」

そう言って渡《わた》されたのは、ブランド物のガマ口財布だった。手に取ると金メダルでも入っているのかと思うくらいずっしり重い。

「イベント用に用意したお財布なの。サークルさんがおつりに困らないように、百円玉と五百円玉で三万円分入っているわ。万が一足りなくなったら連絡《れんらく》なさってね」

「さ、三万円……!?」

一体、彼女は今日一日でいくら使うつもりなのか。

「えーくんが先に終わったときも、わたしに連絡してね。わたしもお買い物が終わったら連絡するわ。それじゃあ……」

「えっ!?　ちょっと待った、もう今から手分けするってこと……?」

俺たちはようやく逆ピラミッド型の建物に入ったところで、まだサークルらしきものは影《かげ》すら見えていない。

「ええ。ここを左に行って道なりに歩けば東ホールよ。えーくんにお渡ししたのは東1、2、3ホールのサークルのリストなの。わたしのは4、5、6だから」

「でも、途中《とちゅう》まで同じ方向なのでは……?」

リストと一緒《いっしょ》に渡された会場の見取り図を見て呟くと、彼女は気が逸《はや》っている様子で自分の腕《うで》時計を見る。

「人気サークルは、開場後三十分以内に行かないと新刊が売りきれる可能性があるそうなの。わたし、ここから走るわ」

「えっ!?」

辺りではスタッフと思《おぼ》しきユニフォームの人々が「危険ですので走らないでください」と参加者に注意を喚起《かんき》している。

「それじゃあ、ごきげんよう！」

ついに我慢《がまん》できなくなったのか、御車響子は高らかに叫《さけ》ぶと脱兎《だっと》のごとく駆《か》け出した。

「そこ、走らないでくださーい！」

すかさずスタッフに注意され、彼女は頭を下げながらその前を走りぬけて行った。

「……なんてこった……」

あまりの衝撃に口があんぐり開いてしまう。全校生徒に規則遵守《じゅんしゅ》を呼びかける「清聖のルールブック」、カリスマ生徒会長の、目を覆《おお》いたくなるような実態がこれだ。

「……っていうか、それなら俺も急がないといけないのでは……？」

一般《いっぱん》参加者の人波は、ぞくぞくと東ホール方面に流れている。買い物を請《う》け負った手前、ショックで立ち止まってもいられない。俺も彼女が消えて行った方へ急いだ。

（……しかし、まさか初めてのイベント参加が女性向けになるとはな……）

辺りを見てみると、周りにいる多くの人々は目に留まる限りすべて女性だ。慣れた手つきでカートを引いたり、手元のサークルリストを確認したり、思い思いの様子で足早にホールへ向かっている。すっかりオタクを離れてしまった今となっては、こういうイベントでビッグサイトに行く機会もないと思っていたが、コミケ参加に憧《あこが》れていた中学時代にだって想像していなかった展開だ。いくら普段《ふだん》の環境《かんきょう》が女子校のようなものだとはいえ、ここまで多くの女性が密集した場所にいると、やはりどこか居心地《いごこち》の悪い気持ちになる。

そんな女だらけの雰囲気に気圧《けお》されつつも、萌《も》えキャラのついたグッズが売られる売店の前や、低天井《てんじょう》で有名な通路「ゴキブリホイホイ」などを通りつつ、「これがあの……」と一人ひそかに感激を覚える。

東ホールに着いてみると、想像はしていたけれども、べらぼうな広さだった。一ホールだけでも、体育館よりずっと高い天井と、学校のグラウンドがすっぽり収まってしまいそうな面積の大空間なのに、それが仕切りもなく三ホール繋《つな》がって、超巨大《ちょうきょだい》スペースを作り出している。向かいの4、5、6もたぶん同じ造りだろう。

そのだだっ広いホールを埋《う》め尽《つ》くすように、無数の机が並んでいる。一見、長い長い机の列だが、人が二人並んで座れるスペースで一サークルという風に仕切られているらしい。サークルにはすべて「A1」のように番号がついていて、一般参加者たちは、その番号でお目当てのサークルを探すようだ。

「Aの28、最後尾《さいこうび》はこちらですー！」

よく見ると、コンクリートの壁面《へきめん》に沿うように設営されたサークルには、本を買い求める客の長い列ができているところが多い。たぶんこれが「壁《かべ》サークル」と呼ばれる人気サークルなのだろうと、オタク時代に得た知識から察する。

――人気サークルは、開場後三十分以内に行かないと新刊が売りきれる可能性があるそうなの。

御車響子の言葉を思い出し、リストを見て、壁際《かべぎわ》に配置されているサークルから買い物を始めることにした。特に人気のサークルには折れ曲がるほどの列ができているので、まずはほどほどの長さの列に並んで、前方の様子を探《さぐ》る。

「新刊セット三つください」

「新刊セットと、既刊《きかん》すべて一冊ずつください！」

さすが人気サークルだけあって、壁に並んでいる客は気合いが違《ちが》った。煌《きら》びやかなイラスト付き紙袋《かみぶくろ》にその日の新刊が入っているという「新刊セット」が、飛ぶように売れていく。御車響子のリストにも、購入《こうにゅう》物の欄《らん》に「新刊セット」という指示が書かれたサークルがいくつもある。

ついに前の客が買い物を終えて列を抜《ぬ》け、俺はサークルの売り子の人と机を挟《はさ》んで向かい合う形になった。机の上には、本日の新刊二種と、既刊らしい数種類の本が、それぞれ何十冊も平積みにされている。

(これが……BL同人……)

幸い全年齢《ねんれい》向けのサークルらしく、昨日御車響子の部屋でぶちまけてしまったようなBL臭《しゅう》の強い表紙は見当たらない。複数キャラが詰《つ》め込まれたポップな雰囲気のイラストや、ラノベカバーのパロディっぽい構図の表紙のものが多く、とりあえずほっとした。

「し……『新刊セット』一つ」

おずおずと注文すると、売り子の女性は、背後の机に載《の》せた段ボール箱から紙袋を一つ取って、てきぱきした動作で俺に差し出す。

「千円になります」

「はい……」

「ちょうどいただきます。ありがとうございましたー」

ぎゅうぎゅうの列から脱出《だっしゅつ》し、ようやく一つ目のサークルでの買い物が完了《かんりょう》した。リストはまだまだたくさんあり、こんなことをあと何回繰《く》り返せばいいのかと気が遠くなった。

「帰りたい……」

心からそう思ったが、さっきの御車響子のいじらしい姿が脳裏に浮《う》かぶ。

――一冊でも多く買ってきていただけたら、とても嬉しいわ……。

「……頑張るか」

思い直して壁際のサークルを回り、同じような手順で戦利品が順調に増えた。それに比例して、次第に両肩《りようかた》に「新刊セット」の袋《ふくろ》が重なって身軽に動けなくなってくる。

「うわっ、すいません……！」

会場の一般参加者は刻一刻と増え、今やホール全体が満員電車のようだ。しかも各自が目当てのサークルへ急いでいるものだから、ぶつからないように歩くのは至難の業《わざ》だ。

しかも、だ。

「百円のお返しです、ありがとうございました」

「どうも……あっ！」

片手で本を受け取り、釣銭《つりせん》をしまおうとしていると、身動きが取りづらいせいで財布を落としてしまい、中から大量の硬貨《こうか》が飛び出て放射状に転がっていった。

もうやだ……！

頭を抱《かか》えてしゃがみこみたい気持ちになっていた、そのとき。

「大丈夫《だいじようぶ》ですか？」

俺の横を通った人が、そう言って百円玉を拾ってくれた。

「これ、落としましたよね？」

向かいの方向から来た別の女性も、お金を拾って渡してくれる。

「この五百円もそうですよね」

「あっちから集めてきました。たぶん向こうに転がったのはこれで全部ですよ」

周りから次々と女の人たちが集まり、俺に硬貨を渡して立ち去っていく。

「あ……ありがとうございます……！」

みんな自分の買い物に忙《いそが》しいはずなのに、なんでこんなに親切なんだ。しかも、よく見ると、会場にいる女性のほとんどがオタクとは思えないくらい普通《ふつう》に可愛い。

「……こ、これは……」

腐女子《ふじょし》だらけの会場だと思っただけでげんなりしていたが、それに気づくと、ちょっとテンションが上がってきた。そんな俺を、さらに浮足立《うきあしだ》たせる出来事があった。

超《ちょう》人気のサークルが一通り終わり、空き始めた壁サークルで買い物をしているときのことだった。

「新刊一冊ください」

「はい、ありがとうございます。……男性って珍《めずら》しいですね」

売り子のお姉さんが、本を用意しながら俺に声をかけてくれた。ハタチくらいの外見の、一般的に見ても綺麗《きれい》な部類に入る人だった。

「どうして、うちの本買ってくれるんですか？」

「えっ？　えっと、その……」

「BLなんですけど、大丈夫です？」

「あっ、はい」

それは御車響子からリストをもらった時点で重々わかっている。

「BLお好きなんですか？」

どうしよう。買い物を頼《たの》まれただけなのを正直に言おうか？

しかし、お姉さんは俺を見てすごく嬉《うれ》しそうにしている。たぶん、ただの売り子じゃなくて、この人自身が漫画《まんが》を描《か》いているサークル主なのだろう。

「……BL全般《ぜんぱん》にはあまり興味ないですが、ここのサークルさんの絵が可愛くて……」

表紙のイラストのタッチを見て、思いついたことを言ってみた。

「えっ、嬉しい！　ほんとですか？」

お姉さんは両手を合わせてほわんと笑った。こんな丸の内OL風の美女がBL漫画を描いているなんて、上司や同僚《どうりょう》も言われなければ想像すらしないだろう。

「ＢＬって男の人には気持ち悪がられることが多いから、男性のお客さん、すっごく嬉しいです。中身も気に入ってもらえるといいんですけど」

「は……はい、楽しみにしてます」

そう言うしかないだろう。お金を払《はら》って本を受け取り、そそくさとその場を離《はな》れた。

けれども、嬉しい出来事はそれで終わらなかった。

「わあ、男性だ！　ＢＬですけど平気ですか？」

次のサークルでも、可愛い系のお姉さんに話しかけられた。

「あ、はい」

「あとこれ18禁なんですけど、年齢確認いいですか？　身分証とか……」

「えっ……」

なるほど。イベント会場ではそういう販売《はんばい》システムになっているのか……。確かに、机上の新刊の表紙には抱《だ》き合う半裸《はんら》の美少年二人が描《えが》かれ、お耽美《たんび》な雰囲気《ふんいき》が漂《ただよ》っている。

「……あ、じゃあいいです。せっかく男の方に来てもらったので、オマケしときますね」

うろたえる俺を見て事情を察したのか、お姉さんはいたずらっ子のように笑った。

「ＢＬ好きな男の子っていいなあ～！　そういう人と付き合いたいんだけど、オタク男性の中にもなかなかいませんよねぇ」

彼女は俺を見てうっとりとため息をつく。

「ノベルティのティッシュ、ほんとは二冊以上購入の方用なんですけど、つけておきますね。また遊びに来てください！」

「は、はい、ありがとうございます」

そんな嬉しい特別扱《あつか》いがその他のサークルでも何回かあって、最初の悲愴《ひそう》な気持ちから一転、俺はイベントを楽しみ出した。

「これはちょっとクセになりそうで怖《こわ》い……」

普段学校ではあまり女子と交流できないので、同じ女性だらけの環境でありながら、打って変わってちやほやしてもらえるのが快感だった。

モチベーションが上昇《じょうしょう》したおかげか、買い物は順調に進んだ。

「次でリストは最後か……」

ほっとしたような、ちょっと残念なような、複雑な気持ちだった。

「新刊一冊ください」

最後のサークルは、今までの、壁際でなくてもぽつぽつ列ができていたサークルとは違って、他にお客さんが誰《だれ》も来ていないスペースだった。スペース内にいるのは一人で、俯《うつむ》いてスマートフォンをいじっている若い女の子だ。明るい茶髪《ちゃぱつ》に両肩が出るデザインの花《はな》柄《がら》ワンピースというギャルっぽい風貌《ふうぼう》に恐《おそ》れをなして、普段《ふだん》なら落とし物を拾ってあげるのにも一瞬《いっしゅん》ためらいが生じるタイプだ。

「……ウチですか」

ぶっきらぼうな声で言うと、少女は顔を上げた。その顔を見て、思わず「あっ」と声を上げてしまった。

「花垣汐実《はながきしおみ》……！」

嘘《うそ》だろ⁉

信じられない。人違《ひとちが》いだと思いたいが、うちの学校で彼女の顔を知らない者はいない。

天才少女小説家、花垣汐実。

清聖の新入生の中でぶっちぎりの有名人で、オタク荘《そう》の住人。三月末に入寮《にゅうりょう》してきたときには、四月を待ち切れず押しかけた在校生男子が、引っ越《こ》し中の彼女の写メを撮《と》ってツイッターに流し、マスコミにも取り上げられてちょっとした騒《さわ》ぎになった。ミーハーな母がネットでその画像を拾ってきて「そうそう、この子よ～」と見せてくれたし、昨日も礼拝前に「あの子だわ」と級友たちがざわついていたので、間違《まちが》うわけがない。

「えっ⁉」

花垣は辺りをキョロキョロと見回す。つけまつげを装着していると思われるギャルメイクのせいで素顔は想像するしかないが、化粧《けしょう》をしていなくてもたぶん十二分に美少女だ。

「なんでウチのこと知ってるんですか……?」

その疑問はもっともで、名前だけは全国区の有名人でありながら、彼女は学生であることを理由にメディアに顔出ししていない。写メが出回ってしまったのもそれが原因だ。

「……俺、清聖の二年生で」

「ええっ!?」

「もっと言えば、君のいる寮の寮母の息子《むすこ》で」

「はあっ!?」

彼女は机を叩《たた》いて立ち上がった。

「えっウソ、まぢありえないんですけど!?」

両隣《りょうどなり》のサークルに注目されるのもかまわず、大声で怒鳴《どな》る。

「っていうか、なんでここがわかったんですか!? えっキモい! 先輩《せんぱい》、ストーカー!?」

「えっ!? ち、違《ちが》うよ! 本を買いに来たらたまたま君のとこだったわけで……」

「は!? 何言ってるんですか、男がBL本欲しがるわけないじゃないですか!」

「え!? いや、そんなことは……」

あるのだけれども、御車響子に頼まれたとは言えない。匿名《とくめい》にするにしても、人から頼まれたと言うとあとで追及《ついきゅう》される恐れがあった。

「……お、男がBL好きで、何が悪い……？」

だからつい、低い声でそう言ってしまった。

「………………」

彼女は大きな目をぱちくりさせて、俺の顔をまじまじと見つめた。

「……先輩、もしかしてオトメンで腐男子なんですか？」

「えっ⁉」

「ウチ、『うたプソ』のBLサークルなんですけど……」

俺がオタクだった頃《ころ》にアニメも放送していた作品なので、名前だけは知っている。今、女子の間で大流行している乙女《おとめ》ゲーム「うたう王子様たちのラプソディー」、通称《つうしょう》「うたプソ」。ちなみに、乙女ゲームというのはギャルゲーの女性向け版で、身も蓋《ふた》もなく言えば、主人公の女の子がイケメンたちにモテまくる恋愛《れんあい》ゲームらしい。

「ってことは……、えっ⁉　乙女ゲーなのに男キャラ同士の本を出してるのか⁉」

びっくりして訊《き》いてしまうと、花垣の瞳《ひとみ》が訝《いぶか》しげな光を灯《とも》す。

「知らないで買いに来たんですか？　冷やかしだったら帰ってください」

「いっ、いや、冷やかしじゃない！　そうだ、俺、うたプソのBL本が欲しいんだよ！」

これで売ってもらえなかったら御車響子の買い物が完了《かんりょう》しないので、必死に食い下がる。

「いや～、やっぱ俺の目に狂《くる》いはなかったんだ！　この作家の作品は他の同人作家とは一味違うと思っていたんだよ！　アマチュアにしてはレベルが高すぎる！」

テンション高く褒《ほ》めあげると、花垣の鼻がヒクッと動いて照れ臭《くさ》そうに口がすぼまる。

「……ウチ、サークル参加するの今日が初めてなんですけど」

しまった……！

「でも、ネットにはずっと作品上げてたから、それを見ててくれたってことですよね」

「そう！　そうなんだよ！　その通り！」

助かったとばかりに頷《うなず》いてしまったが、彼女はもうすっかり俺を信じたらしい。

「……わかりました。本どうぞ」

「ありがとう！　いくら？」

「いいです、あげます」

「えっ⁉　いや、そんなわけには……」

「その代わり、ウチの話、聞いてくれます？」

花垣は、上目づかいに俺を見ていた。

「ウチ、オタクなこと喋《しゃべ》れる相手がいないんです。ギャル友に知られたら死ぬし、正体がバレたらヤバいんでSNSとかもできないし」

そのさびしげな表情に、昨日の御車響子が重なる。

「もうヤバいんです。ぶつけるとこがないから、担当さんに次回作を急《せ》かされてるのにBLばっか書いちゃうんです。でも同人誌は全然売れなくて」

確かに、机の上に積んである新刊はあまり売れている気配がない。こうして話している間も、彼女のスペースに足を止める者は誰もいなかった。

「……わかった。俺なんかでよかったら、話くらい聞くよ」

「まぢですか⁉」

花垣は目を輝《かがや》かせる。

「あっ、でもウチがオタクで腐女子《ふじょし》だってことは内緒《ないしょ》ですよ⁉　言ったら冗談《じょうだん》抜《ぬ》きでぶっ殺すんで！　次回作用に考えた密室トリックを使った完全犯罪で！」

「わかってるよ。っていうか、次回作ミステリーなの⁉」

確か、彼女のデビュー作は今どきの中学生を描いた青春群像小説だったはずだ。

「ツイッターに書くのもダメですからね！　2ちゃんの書き込みもナシですよ⁉」

「わかってるってば」

ツイッターはオタク活動をやめるときにアカウントごと消去したし、2ちゃんねるは元々まとめスレくらいしか読まない。著名人は気を遣《つか》うところが多くて大変そうである。

「……新刊、読んだら感想教えてくださいね」

最後に、少し控《ひか》えめな口調で、彼女は伏《ふ》し目《め》がちに言った。

「う、うん……、わかった」

どうやら、この本だけはあとで御車響子に頼《たの》んで貸してもらわなければならないようだ。

「何度も言いますけど、ウチが腐《くさ》ってることはウチと先輩だけの秘密ですよ？」

「ああ」

「絶対ですからね？」

「うん。じゃあ、本ありがとう」

平静を装ってスペースを離れたが、心臓はバクバクだった。

（マジかよ……！）

信じられない。天地がひっくり返ったような衝撃《しょうげき》だ。

パンピーかつお嬢様《じょうさま》しかいないと思っていた清聖の女子、その中でもみんなの憧《あこが》れの的のオタク荘の住人に、まさか二人も腐女子が存在したとは……。それも、わざわざ乙女ゲーのキャラでBLカップリングを楽しむような、筋金入りの腐女子が。

「……そうだ、連絡《れんらく》しないと」

動揺《どうよう》のあまり無意味にホールを半周ほどしてから、ふと我に返った。

「もしもし、御車さん？　俺の買い物は終わったんだけど……」

電話が繋《つな》がったので話しかけたが、向こうから応答はない。

「……新刊一冊と、既刊《きかん》の……18禁のやつを全部お願いします！　えっ？　身分証は自分のスペースに忘れてきてしまって……ちょっと取ってきましょうか？　えっ、いいですか、ありがとうございます！」

「……なっ……!?」

これは、いわゆるズルの現行犯ではないだろうか？　BL同人誌が絡《から》むと、御車響子はルールも風紀もない破天荒《はてんこう》ぶりだ。

「……あっ、えーくん？　ごめんなさい、こちらはもう少し時間がかかりそうなの」

そのようですね……。

「……じゃあ、俺はその辺ブラブラしてるよ」

「お待たせしてごめんなさい。もしよかったら、コスプレエリアとかご覧になる？」

「ふうん、そんなのがあるんだ。見てみようかな」

「お買い物が終わったら、ご連絡を差し上げるわね」

「了解《りょうかい》。ちなみに、頼まれた本は全部買えたから」

「えっ、本当⁉　すっごく嬉《うれ》しいわ！　ありがとう、えーく……きゃあっ！」

チャリチャリーン、と硬貨《こうか》が床《ゆか》に落ちる音がして、通話が途絶《とだ》えた。興奮したせいか、どうやらさっきの俺と同じことをしてしまったらしい。

「……コスプレかぁ」

渡《わた》されていた地図を広げると、コスプレエリアは同じホール内の、東3の壁際《かべぎわ》に設置されていた。花垣と遭遇《そうぐう》した動揺を落ち着けるためにも、何か気の紛《まぎ》れることをしたい。

東3へ向かうと、机で仕切られたエリア内に、街中ではまず見られないカラフルな装いの人々がたむろしているのが見えた。

「おお、ほんとにいる……！」

様々なキャラに扮《ふん》したコスプレイヤーたちが、そこら中でポーズを取っている。コスプレエリアとはいうものの特別な何かがあるわけではなく、それでもコスプレイヤーが集まっているのは、写真撮影《さつえい》のためだろう。コスプレのまま買い物をするのはＯＫだが、ここ以外のエリアは規則により撮影禁止らしい。

（でも、なんかイメージと違うような……）

コミケのまとめブログの写真で見たような、華《はな》やかでセクシーな衣装の女性コスプレイヤーがあまり見当たらない。辺りをうろついているのは、背番号入りのユニフォームやジャージ、男子制服のようなストイックなデザインの服に身を包んだ中性的な人々ばかりだ。

その中で、一見して人気を集めているコスプレイヤーがいた。

「きゃー、政宗《まさむね》サマー！」

「こっちも目線お願いします！」

「あたし、ツーショットで撮《と》ってもらってもいいですかぁ？」

そこにいたのは、戦国アクションゲーム「戦国ZAKURA」の人気キャラ、伊達《だて》政宗だった。戦国ZAKURAは、プレイヤーキャラの武将たちがイケメンで操作も簡単なので、この手のアクションゲーには珍《めずら》しく女性ファンも多いと有名だ。俺も中学時代にプレイしたことがあるが、ボタン一つで敵をザクザク派手に斬《き》り刻める感覚は、確かに他のゲームにはない快感だ。

「ＯＫ！」

すっかり伊達政宗になりきっているコスプレイヤーは、ツーショットを頼んできた女性の肩《かた》を抱《だ》き、空いた手を腰《こし》に当ててポーズを取った。見事なイケメンぶりである。

いやちょっと待て、イケメン……？

確かに顔の造作は整っていて、化粧《けしょう》で精悍《せいかん》な表情に仕上げられている。だが、青い甲《かっ》冑《ちゅう》の下の身体《からだ》は、よく見れば女性としか思えない華奢《きゃしゃ》さだ。そこで周りを見渡《みわた》すと、うろついているコスプレイヤーたちはほぼ全員女性で、おそらく彼女たちの多くが男性キャラの格好をしているせいで、中性的な雰囲気《ふんいき》が漂《ただよ》っていたのだろう。

そう思って改めて伊達政宗の顔を見たとき、脳裏に「まさか」と疑いが浮《う》かんだ。

「……いや、そんなはずが」

そうだ、そんなはずない。まさか、こんなところで三人目の住人に出くわすなんて……。

そう思って、彼女の眼帯に覆《おお》われていない左目をじっと見つめていたときだった。

「あああ〜〜〜〜っ！」

目が合った「政宗サマ」が、いきなり甲高《かんだか》い声を上げた。

「霧島《きりしま》氏！　霧島氏ナリか⁉」

まさかのキャラ崩壊《ほうかい》に、彼女を取り巻いていた女性たちの顔に戸惑《とまど》いの色が浮かんだ。

「えっ……⁉」

逃《に》げたい。本能的にそう思う俺の前に、鎧《よろい》をガサガサ言わせながら彼女が走ってきた。

「違《ちが》わないナリ！　忘れたナリ⁉　ボク、去年同じクラスだった菊川《きくかわ》ナリ〜！」

「……ああ……うん、覚えてるよ……！」

信じられないし、信じたくもないけれども！

その「政宗サマ」は、うちの陸上部の短距離《たんきょり》エースで、全国最速のスーパーJK、元ク

ラスメイトでオタク荘《そう》の住人の、菊川るうだった……！

「霧島氏、何してるナリ？　こんなところで」

それはこちらが訊《き》きたい……いや、訊くまでもないか。

菊川のちょっとオタク臭い妙《みょう》な喋り方は、ファンの間では愛嬌《あいきょう》があると好意的に受け止められていた。だが、まさかガチだったとは。

いや、待て。もしかしたら純粋《じゅんすい》にコスプレが好きなだけのパンピー……の可能性は低いが、少なくとも腐女子ではないかもしれない。

という俺の一縷《いちる》の望みは、彼女が次に上げた声で脆《もろ》くも絶たれた。

「あっ、楠田《くすだ》モモコ先生の18禁新刊買えたナリね！　羨《うらや》ましいナリ～！」

菊川は目を輝かせ、俺の左肩《ひだりかた》の紙袋《かみぶくろ》の一つを触《さわ》る。彼女が言ったのがどなたかは存じ上げないが、どうやらあの壁際のどこかにいた人気作家らしい。

「霧島氏、腐男子だったナリね～！　ちょっと読ませて欲しいナリ～！」

「ま、待った！　ここ、コスプレエリアだよ!?」

彼女が紙袋に勝手に手を突《つ》っ込《こ》んできたので、周囲の目を気にして慌《あわ》てて止めた。

「あ、そうナリね。じゃあ、今度貸して欲しいナリ！　霧島氏の部屋に取りに行くから、よろしく頼むナリ～！」

「えっ？　あ、ああ、うん……」

思わず頷《うなず》いてしまってから、

「あっ、でも友達に貸す予定があるから、もし本当に借りに来るなら、前もって教えて」

と付け足した。

「了解ナリ！　ありがとナリ～！」

これで、御車響子から借りる同人誌が二冊になってしまった。

「じゃあ、ボクもうちょっと写真撮られてくるナリ」

「あっ、ま、待った！」

気になることがあって、思わず引き止めてしまった。

「……君は隠《かく》してないの？　オタクってこと」

今までのパターンと違うので、逆に焦《あせ》って訊いてしまう。

「えっ？　どうして隠す必要があるナリ？　オタクは悪じゃないナリよ」

菊川は大きな目を見開いて、小首をかしげた。美少女に男装で可愛い仕草をされると、何やら居《い》心地《ごこち》の悪い気分になる。

「え……そ、そうなのか……？」

「と、言いたいところナリけど、清聖では隠さざるをえないのが現状ナリね～……」

はあーとため息をついて、菊川は悩《なや》ましげな表情になる。

「清聖の子、みんなお嬢様で真面目《まじめ》すぎるナリ。ボクみたいに、親にBL同人を見つかって三世代で家族会議になったほどの腐女子《ふじょし》には辛《つら》い環境《かんきょう》ナリ」

「……なるほど」

彼女が寮《りょう》にいる事情は、それでわかった気がする。

「でも、霧島氏が腐男子なら、仲間のボクのことを言いふらしたりはしないはずナリ！」

だから、あえて口止めをしなかったというわけか。

「同じ寮だし、これからは気軽にオタク話しに行くナリよ！　楽しみナリ～！」

「えっ⁉」

それはやめてくれと心で叫《さけ》ぶが、彼女はウキウキ顔だ。

「心強い仲間ができたナリ。ここで会ったのは、ボクたち二人だけの秘密ナリよ？」

「わ……わかった」

「じゃあ、またねナリ～！」

ウキウキの乙女《おとめ》ポーズで手を振《ふ》る菊川を見て、周囲の女子たちがドン引きの顔になる。

「う、うん、じゃあ……！」

政宗ファンの女性たちに申し訳なくなって、俺はそそくさとコスプレエリアを後にした。

「なんてこった……！」

まだ頭の整理がつかない。こんな偶然《ぐうぜん》があっていいのだろうか。これ以上ここにいたら、もしかするとさらに多くの清聖生に会ってしまうかもしれない。

そう思って、とにかくホールを出ようと伏《ふ》し目《め》がちに出口へ急いでいたときだった。

「きゃっ！」

一人の人物がいきなり視界に飛び込んできて、ドンと身体に衝撃《しょうげき》を感じた。

「わっ！」

ぶつかってきたのは、小柄《こがら》な少女だった。俺と正面衝突《しょうとつ》した衝撃で、ふっ飛ばされて床に尻《しり》もちをつく。よほど早足で歩いていたらしい。

「だ、大丈夫《だいじょうぶ》……ですか？」

俺も男の中では決して体格がいい方ではないので、予想外の反動に驚《おどろ》いてしゃがみこむ。

彼女は黒と赤のチェック模様のゴスロリ風ワンピースに、黒いニーソックスを穿《は》いていた。

その足の横に、衝撃で飛んだらしいメガネが落ちている。

「すいません、これ……」

それを拾って渡そうと少女の顔を見て、俺の手は空中で固まった。

「き、君は……」

そのアイドルっぽい求心的な小顔にくりっとした愛らしい目元は、どこからどう見てもＶＩＧ58のメンバー、八剣《やつるぎ》せれなであり、うちの寮の八剣瀬芙玲《せふれ》だった。

「……返して」

低めの抑揚《よくよう》のない声で、八剣は俺に言った。顔バレ対策か花粉症《かふんしょう》か、彼女はマスクを着用していた。仕事でも学校でも毎日しているトレードマークのツーサイドアップが今日は見当たらず、ストレートの黒髪《くろかみ》を腰までなびかせている。

「返してと言っているの」

ぼんやりしていると、彼女はもう一度言って、俺の手からメガネを奪《うば》った。

「あっ、ああ……ごめん」

慌てて謝る俺のことは見ずに、彼女はクールな面持ちでメガネを装着した。学校や音楽番組などで見る普段《ふだん》の様子からかけ離《はな》れた表情に、ふと本人かどうか自信がなくなる。

そうだ。考えてみたら、俺はちょっと頭がおかしくなっている。こんな場所で立てつづけにオタク荘の住人に出くわしたので、少し八剣せれなに似ている彼女を本人と思いこんでしまったのだ。きっとそうに違いない。

そう思って立ち上がろうとしたとき、彼女にじっと見られていることに気がついた。

「……キミ、どこかで会った……？」

その問いに俺が答える前に、彼女は「あっ」と声を上げた。

「もしかして、清聖生……？」

はい、八剣本人でした……！

認めざるを得ない現実にうろたえつつ、ここでとぼけても無意味なので頷いて立つ。

「……二年五組で、寮母の息子《むすこ》の霧島英君《ひできみ》です」

彼女はマスクの内側で息を呑《の》んだようだった。が、すぐに我に返った様子で立ち上がる。

「私がキミに望むことはただ一つ、ここで私に会ったことを誰《だれ》にも口外しないこと」

淡々《たんたん》とした口調で、そう命じる。

「そして、今日買ったその同人誌のすべてを私に見せることよ……！」

俺の両肩《りょうかた》の紙袋を見るその目は、獲物《えもの》を狙《ねら》うハンターのようにぎらぎらと輝《かがや》いていた。

「こ、これ……!?」

俺の所有物ではない戦利品を庇《かば》うように抱《だ》きかかえると、八剣の目尻《めじり》がつり上がった。

「見せられないっていうの……？」

「えっ、いや……」

菊川もそうだったけれども、人気のサークルって紙袋の絵を見ただけでわかるのか？

っていうか、「望むことはただ一つ」って前置き、全然ウソじゃないか。

「……ま、まだ新刊セットは残ってるところもあるよ。自分で買わないの……？」

むしろそのために会場に来たのではないのかという当然の疑問を、八剣は一瞥《いちべつ》と共に弾《はじ》き飛ばした。

「そんなに本買ったらお金がかかるでしょ」

「……でも、君は自分で働いてるんじゃ……」

「ギャラの管理をしているのは親。仕送りは別にもらってるし、毎週何万円も同人誌買うためにちょうだいなんて言えないわ」

「ま、毎週⁉」

「あるでしょう？　オールジャンルはもちろん、ジャンルごとのオンリーまで含《ふく》めたら、ほぼ毎週末イベントの予定が入るわ」

開いた口が塞《ふさ》がらない俺を見て、八剣は訝《いぶか》しげに眉根《まゆね》を寄せる。

「そんな大人買いしてるくせに、そんなことも知らないの？　もしかして転売ヤー？」

「えっ、いや、違う！」

転売ヤーとは、イベントでしか買えない人気サークルの本やグッズを転売のために大量購入《こうにゅう》し、ネットオークションにかけて儲《もう》ける連中のことだと、オタク時代に聞いたことがある。不名誉《ふめいよ》な疑いを晴らそうと首を振っている俺を、八剣はまだ疑い深げに眺《なが》める。

「じゃあ、貸しなさい」

「……はい……」

結局、俺は御車響子にすべての戦利品を貸してくれるよう頼《たの》む羽目になってしまった。

「それでいいのよ。……じゃあ、今度キミの部屋に取りに行くから」

まるで麻薬《まやく》の密売の約束でも取り付けるかのように小声の早口で言う。

「いい？　このことは絶対に私たち二人の秘密よ。キミの心にだけしまっておいて」

最後にもう一度念を押すと、八剣は人ごみの中へ足早に去っていった。

「……ありえない……」

オタク荘《そう》に住む五人の女生徒のうち、四人が腐女子。

「ドッキリ？　ドッキリなのか……？」

あんまりな展開に狼狽《ろうばい》し、あるわけもないカメラを探してキョロキョロしてしまう。

「もうこうなったらあと一人にも出くわしちゃえばいいのにな……ハハ……」

だが、それは不可能だ。オタク荘の住人で唯一《ゆいいつ》、俺は「彼女」の顔を知らないのだ。

「きゃー、ショタ仮面サマがお買い物にいらしてるわ！」

そのとき、向こうの方で黄色い歓声《かんせい》が上がった。周囲にいた女性たちが「えっ？」と驚き、俺も彼女たちが注目する方を見てみる。何もないサークルスペースの通路に、円を描《えが》くように人だかりができていた。どうやらその中心にいるのが話題の人物らしい。

「うっそー！　ショタコン印のサインもらえるかな!?」

「もらっちゃお！　あと、十八番《おはこ》の膝小僧《ひざこぞう》萌《も》えトークも聴《き》きたいな！」

俺の常識を超《こ》えたトークが交わされ、近くの女性たちがそちらへ殺到《さっとう》する。意味のわからぬまま、つい人の流れにつられてそちらへ向かった。

「ハイハーイ、おさないでねん、ショタは逃《に》げないよ～！　あっ、今のは『押さない』と『幼い』をかけたショタコンジョークだからね～」

人だかりの中央に、やたら軽快なトークを繰《く》り広げる人物がいた。周囲を女性に囲まれても頭一つ飛びぬけて見える、長身のモデル風の女性だ。

「やだー、ショタ仮面サマ、今日も絶好調だわ！」

どうやら、あれが噂《うわさ》の「ショタ仮面」で間違《まちが》いないようだ。よくパーティグッズコーナーで見かけるメガネ型の「仮面」をつけているから、あれが名前の由来なのだろう。

しかし、この異常な人気ぶりはなんなんだ。

「……すいません、あれ、誰なんですか？」

気になってしようがないので、隣《となり》にいた女性に訊《き》いてみた。

「えっ、ご存じないのですか？」

彼女は宇宙人でも目にしたかのような驚き顔になる。

「今、ニコニコ動画で大人気の腐女子生主《なまぬし》、ショタ仮面サマですよ」

「生主……」

ニコニコ動画という動画投稿《とうこう》サイトでは、素人《しろうと》でも自分を映した生番組を放送することができるらしい。その生番組を持っている投稿者が「生主」と呼ばれ、カリスマ生主はヘタなアイドルなど凌駕《りょうが》するほどの人気を誇《ほこ》ると聞いたことがある。

「ショタ仮面サマは、ショタを愛する紳士《しんし》の心を持った女性です。腐女子には珍《めずら》しくモブ攻《ぜ》めや触手《しょくしゅ》責めを好み、夕方六時台のアニメを中心にあらゆる作品をチェックして、可愛い二次元ショタを見逃《みのが》しません」

「そ、そうですか……。ありがとうございます」

その女性はまだ語りたそうだったけれども、俺の脳みその理解が追いつかない。世の中にはいろんな人がいるもんだ……そう思ってその場を離れようと身を翻《ひるがえ》したときだった。

「おーい、少年!」

俺の背中に真っ直ぐに、女性の声が飛んできた。

「………」

一瞬《いっしゅん》耳を澄《す》ませるが、誰かが反応した気配はない。おそるおそる振り返ると、「ショタ仮面」の仮面の向こうの目がバッチリ俺を捉《とら》えていた。

「珍しいね～、一人？」

ナンパのような文句を受け、俺は怯《おび》えながら頷《うなず》く。

「……はい……」

「今日は、BL本買いに来たの？　腐男子？」

「ま、まあ……」

「ショタは？　可愛い少年は好き？」

ショタ仮面の周りにいた女性たちすべての視線が、彼女と俺のやりとりに集まっている。

バッサリ否定もできず、俺は曖昧《あいまい》な微笑《ほほえ》みを浮《う》かべるしかない。

「まあまあ……」

「嗜《たしな》む程度ってことか～、まあしょうがないね」

妥協《だきょう》したような言い方で肩《かた》をすくめると、ショタ仮面はなんと、俺の方へ歩いてきた。

女だらけの人波が、モーセを前にした海のようにきれいに割れて道を空ける。今まで人だかりでよく見えなかったが、ショートパンツから伸《の》びたすらりとした脚《あし》と、長いポニーテールが印象的だった。いや、一番印象的なのは仮面なんだけど。

「あたしさ～、今度の生放送で『ショタコン少年』ってタイトルでトークしようと思ってるわけ。その取材をさせてくれる腐男子を探してるんだけど、キミ、まだ若いよね？」

「……十六です」

「うん、ちょうどいいね！」

そこはばっちりハマったらしく、彼女は満足げに頷く。近くで見ると、仮面の下の両目は綺麗《きれい》なアーモンド形で鼻筋も通っており、素顔は相当な美女であることがうかがえる。

「じゃあ、また今度ゆっくり取材させてもらいに行くわ。メアド教えてくれる？」

「えっ!?」

こんな変な人に、自分の連絡先《れんらくさき》を明かすなんて。第一、俺は腐男子ではないので、取材を受けたところで彼女を満足させる回答ができるわけない。

「ああ、やっぱ警戒《けいかい》しちゃうよね。じゃあ、あたしのアドレス教えるからメールくれる？ っていうか、どこ住み？ この辺の子だよね？」

「いや、都内ではなく……名加尾台《なかおだい》という田舎《いなか》で」

首都圏《しゅとけん》の郊外《こうがい》なのでそれほどの田舎ではないのだが、諦《あきら》めてもらえるよう、彼女が絶対に知らない自分の住所をピンポイントで言った。

ところが、ショタ仮面は「えっ」と仮面の奥の目を見開いた。

「……マジ？ あたしも名加尾台なんだけど」

「はあっ⁉　ええっ⁉」

「チョ～近所じゃーん！　どこどこ？　あたし、一丁目」

「……俺もです……」

「ええーっ⁉　その先は？　あたしは五の十……」

「わーっ！　もういい！」

周囲の目を気にして、思わず叫《さけ》んでしまった。

薄々《うすうす》感じていた。こうなってしまうのではないかという予感もあった。だが……。

「……すいません、耳いいですか？」

「耳？　いいよ、あたしにショタの耳を語らせたら長いよ～！　やっぱり一番萌《も》えるのは真夏のプールで真っ黒に焼けた耳の裏でしょ。でも、真冬の朝の真っ赤な耳たぶの……」

「そうじゃなくて！」

他人の話を遮《さえぎ》るのはあまり好きではないのだが、やむをえない。

「耳を貸してください」

「え～内緒話《ないしょばなし》？　女子みたいでやだよ～！　オープンマインディッドで行こうよ～！」

アンタも女子だろというツッコミは心でして、俺は自分の口元に両手で囲いを作って、半ば強引《ごういん》に囁《ささや》いた。

「……真澄先輩《ますみせんぱい》ですね？」

一瞬、彼女は時が止まったかのように静止した。

「……えっ？」

次いで、目を丸くして俺を見つめる。

「知り合い？　会ったことあったっけ、あたしたち」

「やっぱり……」

悲惨《ひさん》すぎて、逆に笑けてきてしまった。

清聖生が憧《あこが》れるオタク荘に住む美少女たちは、全員が全員、ガチの腐女子《ふじょし》だった。

「じゃあ、そういうことで……」

ショックがデカすぎて、回れ右してその場を離《はな》れることしか思いつかない。

「え～っ、ちょっと待ってよ～！　キミ、誰《だれ》なのさ――!?」

後ろからショタ仮面改め真澄先輩の声が追ってきたけれども、もう振《ふ》り返っている余裕《よゆう》はなかった。

「ちょっとぉ～～……！」

遠くなっていく声を無視して出口の方に歩きながら、さっきからの怒涛《どとう》の展開を顧《かえり》みる。

（よりによって……まさかこんな場所で、五人の寮生《りょうせい》全員と会うとは……）

一緒《いっしょ》に来た御車響子、彼女が本を買おうとしていた同人作家の花垣汐実、コスプレイヤーの菊川るう、買い物中だった八剣瀬芙玲、それに「ショタ仮面」の真澄窓花《まどか》……。

「オタク荘は、その名の通り『オタク荘』だった……」

生気の抜《ぬ》けた声で呟《つぶや》いたそのとき、ジーンズのポケットが震《ふる》えた。

「……はい、もしもし」

「あっ、えーくん？　お買い物、全部終わったわ」

御車響子。彼女がＢＬ漫画《まんが》家《か》を目指す腐女子だったというだけで衝撃《しょうげき》だったのに……。

「……えーくん？　えーくん……？」

信じられない一連の出来事に再び気を取られていた俺は、御車響子の声で我に返った。

「待ち合わせ、それで大丈夫《だいじょうぶ》かしら？　二階のコンビニの前で」

「えっ……？　あ、ああ、わかった。今から行くよ」

そうして、約二時間ぶりに御車響子との再会となった。

「えーくん、お待たせ～！」

「うわっ！」

待ち合わせのコンビニ前に現れた彼女の姿を見て、思わず叫んでしまった。

華奢《きゃしゃ》な両肩《りょうかた》にかかる、無数の紙袋《かみぶくろ》。そのほとんどに、男同士が抱《だ》き合ってこちらに扇情《せんじょう》的な視線を送っているようなＢＬイラストが描いてある。要するに、さっきまでの俺とほとんど同じ格好なのだが、美少女のそういう姿を見るのはやるせない。

「つい、いっぱい買ってしまったわ」

そう言って照れ笑いをする様子は、それはそれは可愛いのだけれども。

「それにしても、本当にありがとう、えーくん！　絶対に買い逃《のが》しが出ると思っていたのに、すっごくすっごく嬉《うれ》しいわ……！」

御車響子は、俺が足元に置いていた紙袋を見て、感激の面持ちで両手を合わせる。

「本当に有難いわ……。えーくんも初めてだったのに、大変ではなかった？」

「大丈夫だよ。サークルの人もお客さんもみんな親切だったし」

感謝のいっぱい詰《つ》まったキラキラ輝《かがや》く瞳《ひとみ》に見つめられ、恥《は》ずかしくてまたそっぽを向いてしまう。それに、俺には気がかりなことがあるのだ。

「……御車さん、他にここですることはある？」

「いいえ、もう充分《じゅうぶん》イベントを堪能《たんのう》したわ」

「それなら、ビッグサイトを出ようか」

いくら巨大《きょだい》ホールとはいえ、閉鎖《へいさ》された空間でうろうろしていたら他のオタク荘《そう》メンバーに再会してしまうかもしれない。この場所から一刻も早く彼女を退散させたかった。

「そうね。わかったわ」

「その後はどうしようか？」

お腹も空いたし、できればここは休憩《きゅうけい》を兼《か》ねてご飯に行きたい。二人でお台場の海を見ながらランチだなんて、いかにもデートみたいでドキドキするが……。

「そうね、寮《りょう》に帰りましょう。一刻も早く新刊が読みたいわ」

そう言うと、御車響子は床《ゆか》にドサッと紙袋を置いた。

「えっ……？」

唖然《あぜん》とする俺を尻目《しりめ》に、彼女は床にしゃがんで、自分のトートバッグから袋《ふくろ》を取り出した。それは折り畳《たた》み式のナイロン製カートで、彼女はそこに次々と戦利品を詰め始める。

「えーくんに買っていただいたのも入れるわね。ああ、本当に嬉しいわ……」

俺が床に置いていた紙袋からも、次々と同人誌を取り出す。カートに本を入れ終わると、御車響子はそれらが入っていた紙袋を綺麗に折り畳んだ。そうしてトートバッグから出した洋服ブランドの紙袋に入れ、バッグと一緒に肩にかけて立ち上がる。

「さ、行きましょう！　戦利品がわたしを待っているわ！」

その瞳は生き生きと輝き、もはや茫然《ぼうぜん》とする俺の姿が映っているのかも疑問だった。

「ああ～……早く読みたいわ……！」

帰りの電車で、御車響子は何度もため息をつきながら言った。大井町《おおいまち》から腰《こし》を下ろすことができたりんかい線の車内の座席で、足元のカートをちらちら見ては、今にも手を突《つ》っ込《こ》んで同人誌を取り出したそうにうずうずしている。

「でもダメよ、家まで我慢《がまん》だわ。公共の場でBL同人を広げるのはマナー違反《いはん》だし、誰に見られるかわからないし、何より布団でごろごろしながら大量の新刊を読んで萌え転がる悦《よろこ》びが、もうすぐそこに待っているのだもの……！」

まるで、そう言い聞かせていないと自分を抑《おさ》えられないかのようである。そんな彼女を横目気味に見ながら、俺は己の存在意義について考えていた。

そもそも、俺は今日なんで彼女に付いて来たんだっけ？

――わたし、今月末、初めてイベントに出て同人誌を出すの。あれはその原稿《げんこう》。でも、会場で同人誌を買ったことがないから、イベントがどういうものなのかよくわからなくて。

この様子だと、イベントがどんなものかは十二分にわかったようだ。というか……。

「……御車さん、本当に初めてだったの？　同人イベント」

あまりのエンジョイぶりに怪《あや》しんで訊《き》くと、カートを見つめてぶつぶつ言っていた御車響子は、顔を上げて俺の方を向いた。

「ええ。思っていた通り、本当に楽しかったわ」

「それにしては随分《ずいぶん》手慣れていたような……。最初の開場ダッシュとか」

「だって、イメージトレーニングは完璧《かんぺき》だったもの」

誇《ほこ》らしげな顔をして、彼女は美しい鼻孔《びこう》を少し膨《ふく》らませた。

「色々な人のイベントレポートを読んでいたし、コミケカタログも毎回買って熟読して、ビッグサイト内の構造も、そこの配置図やネット上の写真で完全に把握《はあく》していたわ。それに、腐女子向けのマナーサイトも読み込んで、デビューの準備は万端《ばんたん》だったの」

「それは……すごい……」

本当にとことん真面目《まじめ》なのだなと、感心と呆《あき》れの気持ちが入り混じる。完璧な生徒会長は、こんなところでも完璧なのか。

「……そういえば、会場で他の清聖生に鉢合《はちあ》わせたりしなかった？」

「ええ、しなかったわ……残念ながら」

御車響子は、本当に残念そうに頷《うなず》いた。

「えーくんは？　どなたか見かけた？」

「えっ⁉」

見かけた、なんてもんじゃない。立て続けに四人も、しかも全員オタク荘のメンバーと、遭遇《そうぐう》して言葉を交わしているのだ。

——何度も言いますけど、ウチが腐《くさ》ってることはウチと先輩《せんぱい》だけの秘密ですよ？

花垣のセリフ、それに菊川や八剣からの口止めのことを思い出して、言いたい気持ちをぐっとこらえた。

「い、いや……。俺も会ってない」

動揺《どうよう》を押《お》し隠《かく》して答えると、御車響子は正面を向いてほうっと嘆息《たんそく》する。

「そうよね。清聖生って本当に真面目だわ。うちの学校に腐女子はわたし一人ね……」

今や確実にそうではないことを知ってしまった身としては、複雑な心境だ。

「……そうだ。一つ訊きたいんだけど……」

「何かしら？」

「……ああ、うん……」

うっかり切り出してしまったが、このタイミングで言うのは何か悟《さと》られるか？　それでも、一度言いかけたのを引っ込める方が不自然だと判断して口を開く。

「今日頼《たの》まれたリストの中に、一つだけ小説のサークルがあっただろ？……あのサークルは、どうやって見つけたの？」

「えっ？……ああ、うたプソのサークルさんね」

車両の天井《てんじょう》の方を見ながら、御車響子は答えた。

「あの方がピクシブに載《の》せている二次創作があるのだけど、素人《しろうと》とは思えないくらい上手なの。わたし、二次創作は基本的に漫画《まんが》しか読まないけど、あの方の小説だけは大好きで、今回イベントに初参加するって告知があったから、絶対に買おうと思って」

ピクシブというのは、インターネットのイラスト投稿《とうこう》サイトだ。誰でも投稿、閲覧《えつらん》できるSNSの形式を取っているが、作品に点数がつけられ集計されるので、ランキングの上位はプロやセミプロの同人作家で占《し》められることが多い。最初はイラストだけのサービスだったのだが、数年前から小説も投稿できるようになっていた。

「その人がどうかしたの？　あっ！　えーくん、もしかして……」

「……その本、貸して欲しいんでしょう!?」

御車響子に疑いのまなざしを向けられて、もしや花垣のことがバレたのかとビビる。

「…………」

よかった、違《ちが》った。

「う、うん。実は……そうなんだ」

「ふふ、お安い御用《ごよう》だわ」

「というか、その……」

――楠田モモコ先生の新刊買えたナリね！　今度貸して欲しいナリ！

――今日買ったその同人誌のすべてを私に見せることよ……！

この流れでは、誤解されそうで非常に言い出しづらいが。

「……俺が今日買った同人誌、できれば……今度全部貸してもらいたいんだけど」

菊川と八剣との約束を果たしたいだけの俺を、御車響子は瞳をきらきらさせて見つめた。

「まあ！」

両手を顔の前で合わせて、いとも嬉しそうに目を細める。

「えーくん、もしかしてBL同人誌に興味が湧《わ》いたのかしら……!?」

「ちっ、違う！」

思わず否定してしまったものの、彼女たちのことを言うわけにはいかない。

「違うけど……えーっとその……ほら、君が言っただろ？　BL漫画家になりたいって。でも他に言える人がいないっていうから、その、俺が少しでもアドバイスできればと思って……ちょっとBLを勉強しようかと……」

我ながら、咄嗟《とっさ》にうまく辻褄《つじつま》の合う回答ができたと思う。

「まあ……！」

御車響子は両手を合わせたまま口元に当て、目を潤《うる》ませんばかりに輝かせて俺を見る。

「なんてお優しいの、えーくん！　本当に素敵な方だわ……！」

素敵。

その甘露《かんろ》な響《ひび》きにくらっと来る。

「や、やめなよ。そんなことを気軽に言うのは……」

恥ずかしくて彼女の顔を直視できず、言いながら目を逸《そ》らしてしまった。

「だって本当に素敵だもの。わたしの持っている同人誌でよければ、いくらでもお貸しするわ。そうだわ、今までに買った中での神本セレクションも一緒《いっしょ》にお貸しするわね！」

御車響子は、俺の心中など察することもない様子で楽しげに笑っている。いつも厳格な生徒会長として折り目正しく振《ふ》る舞《ま》う彼女の、こんな姿を知る者は、うちの学校の中でただ一人、俺だけなのだ。

そう思うと、心の奥からじわじわ溢《あふ》れてくるものがあって……。それがオタクで腐女子《ふじょし》だったという残念な内容でも、彼女と秘密を共有できた喜びに胸がいっぱいになる。

（母さん、ちょっとだけ、ありがとう……）

無責任な母親への恨《うら》みが、今だけは感謝に変化するのだった。

その日、寮に帰ってから、俺は生まれて初めてちゃんとした料理に取り組んだ。メニューは、豚《ぶた》のしょうが焼きとキャベツの千切り、豆腐《とうふ》とわかめの味噌汁《みそしる》、白米という簡単なものだったが、スマホでレシピを見ながら六人分を作り終えると二時間近く経っていた。

「わーっ!? アンタ、さっきの……!」

七時の食事の時間になって寮生が食堂に集まったとき、真澄先輩《せんぱい》が俺を見て叫《さけ》んだ。

「……どうも。寮母の息子《むすこ》の英君です。母が所用でしばらく家を空けるらしくて、今日から俺が食事のお世話をすることになりました……ほんとすいません」

お盆《ぼん》に味噌汁を載《の》せて運んでいた俺は、小さく頭を下げる。すでにダイニングテーブルの席に着いている他の住人たちには、もうさっき事情を説明しておいた。

「……あー……。なるほど、そういうことね……」

ボリボリ頭を掻《か》きながら、先輩は自分の席に着く。仮面をつけて生主をやっているだけあって、どうやら彼女もオタク趣味《しゅみ》は秘密のようだ。

「さっきの？ 真澄先輩、今日どこかで霧島先輩と会ったんですか？」

先輩の斜向《はすむ》かいに座っていた花垣が、先輩に探るようなまなざしを向ける。

「えっ!? あー……うん、さっき、そこのスーパーで会ってさ～！ あたし、実験用のすっぽんとマムシと高麗《こうらい》ニンジン買いに行ってたから！」

「精力実験でもやってるんですか？　っていうか、さっき大玄関《げんかん》前でウチと会ったとき、完全に手ぶらでしたよね、先輩」

「そりゃ買い物したあとの荷物なんか重いから送るっしょー。金ならあるし？」

「えっ、どんだけ買ったんですか⁉　しかも近所のスーパーから宅配⁉」

（オイオイ、言い訳が雑すぎるだろ……）

すべてを知る俺は、顔を無表情に保つのに苦労する。

「って、そういうあんたはどこ行ってたのさ～？　やたら大きな鞄《かばん》持ってたけど」

先輩に切り返され、花垣は一瞬《いっしゅん》言葉に詰《つ》まった。食卓《しょくたく》に並べられた皿をじっと見つめて、なんとか平生《へいぜい》の顔つきで目を上げる。

「ウチは、中学時代のギャル友と渋谷《しぶや》行ってました。マルキューで服買いすぎちゃって」

そして、他人がツッコむ余地もないほど間髪《かんはつ》を容《い》れず、向かいの席で早くも食事を始めていた八剣を見る。

「っていうか、大きい荷物といえば、ウチより八剣先輩《せんぱい》のが大荷物で帰ってきましたし！」

「私は収録終わりだったんだモーン！　今日は私服紹介企画《しょうかいきかく》だったから荷物多くて♡」

まるでセリフを用意してあったかのようによどみなく言い、八剣はみんなに可愛らしくウィンクした。アンテナもといツーサイドアップも健在で、俺はさっきの彼女を思い出し、その変わり身が恐《おそ》ろしく固唾《かたず》を呑《の》んでしまう。こっちが大衆の知る彼女の姿だ。

（やっぱこのアイドル怖《こえ》ぇー……）

「ち……ちなみにボクは、自主練で公園を走っていたナリよ！」

訊かれてもいないのに、その隣《となり》の菊川が咳《せ》き込むように会話に入ってくる。コスプレ用に巻いたらしいボブヘアにわずかに残るクセを伸《の》ばすように、毛先を指でつまんでいた。

（この子は嘘《うそ》が苦手なんだな……）

そんな中で。

御車響子は汁椀《しるわん》を口に運びながら、俺を見て上品に笑いかけた。出汁《だし》を取るのに失敗してしょっぱいだけになった味噌汁を一口すすり、ハープの声色《こわいろ》が独り言のように呟《つぶや》く。

「……美味《おい》しいわ、霧島くん」

その微笑《びしょう》の優雅《ゆうが》さに、すべてを知る俺までもが、彼女がこの中でたぶん最も純度の高い腐女子であることを忘れそうになる。

だが、その直後。

「きゃあっ！」

動揺で手元が狂《くる》ったのか、盛大に味噌汁をひっくり返し、食卓を混乱に陥《おとしい》れたのだった。

3

清聖学園の一日は、全校生徒が講堂に集まって行われる礼拝から始まる。

「今日の説教は御車《みくるま》さまよね。楽しみだわ……」

朝の礼拝は、大きく分けて四つの内容から成り立つ。讃美歌《さんびか》の斉唱《せいしょう》と、聖書の朗読、それに教師や生徒たちによる説教と、お祈《いの》りだ。

そのうち俺たち一般《いっぱん》の生徒がやるのは讃美歌の斉唱だけで、あとは適当に居眠《いねむ》りでもしていれば礼拝はつつがなく終了《しゅうりょう》する。けれども、今日は説教中に寝《ね》る者は少なそうだ。

毎週木曜日は、生徒会のメンバーが説教することに決まっている。とはいえ、御車響子《きょうこ》以外が登壇《とうだん》するとあからさまに講堂が失意に包まれるので、彼女が生徒会に入ってからは、実質、毎週木曜は御車響子による説教の日だった。

「春休みがあったから、久しぶりの御車さまの説教よね」

「二年生になった御車さま、どんなお話をなさるのかしら……」

イベントから四日後の木曜日、講堂に向かう途中《とちゅう》の廊下《ろうか》では、彼女の説教を心待ちにしている生徒たちの様子があちこちで見てとれる。

こんなプレッシャー、俺だったら耐《た》えられない。御車響子は本当にすごい。

「説教、長いといいな」

「ああ。ずっと見てられるからな」

男子の二人組が、女子の間を縫《ぬ》って移動しながらそんな風に話している。

(まったくだ……)

一対一だと、澄《す》んだ瞳《ひとみ》と美しすぎる顔立ちに気恥《きは》ずかしくなってしまって、あまりじっくりと顔を見ることができない。壇上《だんじょう》にいてくれると、こちらが一方的に観察できて有難い。退屈《たいくつ》だった学校生活の中で、木曜の礼拝は一年の頃《ころ》から数少ない楽しみだった。

月曜の夜、御車響子は読み終わった同人誌を貸すため俺の部屋にやってきた。けれども、それは他の寮生の目を気にした十数秒の短い来訪で、深い話にはなっていない。寮での食事のときも、人目があるから挨拶《あいさつ》以上の会話はない。

学校での彼女は、朝、登校すれば「ごきげんよう、霧島《きりしま》くん。今日もいい天気ね」、放課後には「ごきげんよう、霧島くん。また明日《あした》ね」くらいの声はかけてくれるが、会話するのはそれくらいだ。周囲の女子が怖《こわ》いので俺の方から話しかけるわけにはいかないし、彼女の方は、俺にオタク話以外で話したいことなんてないのだ。

それでも、俺は彼女を意識しまくっている。授業中も御車響子が隣にいると思うとそわそわして集中できず、このままではただでさえ下から数えた方が早い成績順位がますます下がりそうだ。

そんな状況《じょうきょう》での、今朝の説教だった。

「あ、御車さま、もう座っていらっしゃるわ」

講堂に入ると、近くの女子が壇上を見て呟いた。

説教当番の生徒は、朝、職員室で担任に登校を報告すると、そのまま教室ではなく講堂で礼拝を待つことになっている。聖書台の後ろに左右対称《たいしょう》に並べられた椅子《いす》の下手側に、御車響子は居ずまいを正して座っていた。もう一方の椅子に座っているのは、司会を務める聖書科の教師だ。

講堂といっても、礼拝以外の目的に使われるのは文化祭のときくらいしかない。ステージ部分の枠《わく》や俺たちの座る長椅子には、シックな中にもいかにもキリスト教っぽい（としか俺の語彙《ごい》では言いようがない）、ヨーロッパ的な装飾《そうしょく》がされている。舞台《ぶたい》の反対側、俺たちが座ると背を向ける形で設置された巨大《きょだい》なパイプオルガンは、都心の学校にもあまり見られないらしい豪華《ごうか》なもので、学校関係者の自慢《じまん》の逸品《いっぴん》だった。

そんな厳《おごそ》かな雰囲気《ふんいき》の講堂の中で、今朝も礼拝が始まった。

「……では、続いて説教です。本日は、生徒会長の御車響子さんのお話です」

教師も講堂中からなんらかの圧力を感じていたのか、礼拝はいつもより早く進行して、あっという間に説教のターンになった。

「みなさん、ごきげんよう」

御車響子が聖書台の前に立つと、講堂の空気が変わった。気づけば周りの生徒はみんな背もたれから背中を浮《う》かし、前のめりで静聴《せいちょう》している。

「新学期が始まってから一週間近く経ちました。新入生のみなさんは、もう学校に慣れましたか？　在校生のみなさんは、短い春休みをいかがお過ごしになったでしょうか。わたくしは……」

無難な挨拶から始まって、彼女の話は、自分が春休みに実家に帰った数日間、華道《かどう》の大《だい》師範《しはん》である祖母の手ほどきを受け、日本人の花をめぐる四季観がいかに豊かで美しいかを再確認した、という話になった。

そう、御車響子の話に斬新《ざんしん》さやユーモアなど一つもない。彼女は説教もしごく真面目《まじめ》に行うだけだ。それでも、生徒たちは彼女の神々《こうごう》しいばかりに美しい姿を眺《なが》めていられるだけで、説教の内容の何十倍も有難いのだ。

「一年の計は元旦《がんたん》にありと言いますが、わたくしたち学生の一年は、まさに今、この四月

に始まったところです」

それは、彼女の話が本題に入りかけたと思われた頃だった。

俺たち二年五組は、ステージと並行に二列で並べられた長椅子の、上手側の最前列から三列目までを割り当てられている。礼拝は出席番号順に並んで座ることになっているので、俺は女子のワ行の最後の子……要するに三列目の端《はし》に、数名の男子と共に縮こまっていた。

一列に二十ほどある長椅子の三番目という前方なので、俺には壇上がよく見える。

「一度しかない青春の一年を有意義に過ごすために、わたくしたちは今、何をすべきでしょうか？」

そう言って、彼女は手元の紙をめくった。おそらく説教の内容をメモした草稿《そうこう》だろう。

「わたくしがみなさんにご提案したいのは『日記をつけること』です……」

「んっ⁉」

その紙の裏側……つまり俺たちに向けられた面を見て、思わず低い声が出てしまった。

「どうかした？」

隣の男子に小声で訊《き》かれて、俺は慌《あわ》てて首を振《ふ》る。

「いや、なんでもない」

だが、両目は彼女の手元に釘《くぎ》づけだった。

（あれは……！）

見えてる。めっちゃ見えてる。こんな何百人もの生徒の前で、完全無欠のカリスマ生徒会長が説教の草稿にしていたのは。

ビッグサイトの東ホールのサークル配置図の、裏紙だったのだ……！

（何やってんだよ……！）

それに気づいてしまってから、説教の内容などまったく頭に入らない。俺が見えているということは、少なくとも前から三番目までの椅子に座っていて、平均以上の視力を持つ生徒には、あれが目に入っているということだ。ただ、イベントなど行ったこともない、配置図を見たことのない人間には、それが何を意味するのかわからないだけだ。

今のところ、俺以外に動揺《どうよう》を覚えていそうな者は見当たらないが……。

（早く教えないと……！）

とはいえ、どうやって？　ジェスチャーで示すにしても、彼女が俺を見てくれなければ始まらない。数秒悩《なや》んだ末に思いついたのは、俺のような一介《いっかい》の生徒には非常に勇気のいる手段だった。

「……ああ、あの……っ！」

両隣《りょうどなり》の生徒が、ビクッと身を震《ふる》わすのがわかった。当たり前だ。普段《ふだん》は寡黙《かもく》な同級生が、何の脈絡《みゃくらく》もなく叫《さけ》んだのだから。

壇上の御車響子は、説教を中断して俺を見つめた。

「お話し中、申し訳ありませんが……」

このチャンスを逃《のが》すものかと、俺は立ち上がって彼女に話しかける。

「ト……、トイレに、行ってもいいですか……？」

御車響子はきょとんと目を丸くした。

「いいですよ……？」

「助かります。実は俺、今日パンツを裏返しに穿《は》いてきてしまって」

静まり返った講堂で「裏返し」のところで、掌《てのひら》を返すジェスチャーをする。

「裏返しにね、裏返し……裏返しですよ」

言外の意味を訴《うった》えるように彼女を見つめながら、その動作を何度も繰《く》り返しやる。

「……？」

さすがに何か気づいたのか、単につられただけか、御車響子は何気なく自分の手にした紙を裏返した。その口が「あっ」という形で固まる。

「……パンツですって……いやだわ、こんな公衆の面前で、下品な……」

「そうよ、御車さまのお耳が汚《けが》れるわ」

あまりしつこくやったので周りの女子から反感を買ってしまったが、なんとか御車響子に伝えることに成功したようだ。

「……え、えーと……それでは、お話を続けさせていただきますね」

さすがカリスマ生徒会長、すぐに動揺から立ち直り、説教を再開した。

「というように、日記には、後から読み返すことで自分を客観的に見つめられるという効果があります……」

そう言いながら、さりげなく草稿を表に返す。彼女がそれを聖書台から浮かせて持つことは、もう説教が終わるまでないだろう。

その様子を見届けて、後ろのドアから廊下へ出た。あんな風に言ってしまった手前、もう席を外すしかなかった。

「……霧島くん」

礼拝が終わり、教室に帰ってきた御車響子は席にいた俺に話しかけた。あのあと講堂に戻《もど》るのは恥《は》ずかしかったので、トイレで暇《ひま》を潰《つぶ》し、一足先に教室に戻っていたのだった。

「な……なんでしょう」

学校で彼女と話すのは、周囲の目があるので緊張《きんちょう》する。ましてや、俺はさっき問題行動を起こしてしまったばかりだったので、女子の目も厳しかった。

「さっきは……」

何か言いかけて、彼女は周囲からの視線に気づいたようだ。

「……なんでもないわ。昼休み、生徒会室へ来ていただけるかしら？」

そんな俺たちを見て、周りの女子たちはひそひそ話す。

「きっと礼拝を中断させたことでお叱《しか》りを受けるのね」

「きつい罰《ばつ》を受けるといいわ。御車さまに自分のパンツのお話をするなんて」

「それにしても、硬派《こうは》な霧島さんが、あんな変態性を秘めていたなんて意外だわ」

（ひぃぃ……）

俺は心で悲鳴を上げた。清聖での学校生活と同じくらい退屈だった俺の評判が、悪い方向へ着実に変化しつつある。

だが、実はそれがちょっと嬉《うれ》しかったりもする。自分でも不思議だけど。

（俺、なんでオタクをやめたんだっけ……？）

普通《ふつう》でいたい。悪目立ちすることなく、清聖の優等生的な校風に馴染《なじ》みたい。だったら、こんなことは不本意であるはずなのに。

（なんでだろう……）

それが御車響子の影響《えいきょう》なのかはわからない。ただ、俺の中で何かが変わり始めているのは事実のようだった。

昼休みになると、彼女に言われた通り生徒会室へ向かった。

生徒会室は、一年生の教室がある三階にある。二年生の教室は二階なので、一階上って、今まで通りすぎるばかりだった「生徒会室」の札のかかったドアを叩《たた》いた。

「……霧島です」

「はい、どうぞ」

中から御車響子の声がしたので、ドアを開ける。生徒会室の扉《とびら》は一般《いっぱん》教室とは違《ちが》い、なぜかコンサートホールの防音扉のような分厚いビニール加工のドアである。

部屋に入ると、中もなるほど、一般教室とはだいぶ違っていた。

「なっ……!?」

王宮。そんな言葉が頭をよぎった。

部屋の奥に、ロココ調だかアールデコ調だか知らないが、とにかく派手なヨーロッパ風デザインの、玉座のような肘《ひじ》かけ付き椅子《いす》が鎮座《ちんざ》している。その前には、同じシリーズと思われるデザインのデスク。どちらも白が基調なので、印象はまだ軽快になっている。これがたぶん生徒会長用の椅子と机なのだろう。

どこを見ても、教室に並んでいるような机と椅子はない。壁際《かべぎわ》には、座部にコバルトブルーの布を張った、これまた格調高い木の椅子が、玉座もとい会長椅子から見て右と左にずらっと並んでいる。

会長椅子に腰掛《こしか》けた御車響子は、デスクから顔を上げて俺を見ていた。

「……あっ、このインテリア？　去年わたしが会長になったとき、同じクラスにいた輸入家具店の社長の娘《むすめ》さんが、お祝いとして寄付してくださったの。わたしも最初はどうかと思ったのだけれど、せっかくだし、有難く使っているわ」

「へ、へえ……」

「窮屈《きゆうくつ》そうに見えるけど、案外座り心地《ごこち》がいいのよ」

と、にっこり笑顔で、座ったままポンポン弾《はず》んでみせる。俺がそれほど食い付いていないのを見ると、弾むのをやめて口を開いた。

「……さっきはありがとう、えーくん」

優しく微笑《ほほえ》んで、ふと表情を曇《くも》らせる。

「わたしとしたことが、うっかりしていたわ……」

「問題ないよ。他に気づいた人はいなかったみたいだし」

「それもえーくんが教えてくれたからだわ。そのために恥《はじ》をかかせてしまって……ごめんなさい」

「別にいいよ、あれくらいのこと」

彼女の感謝と恐縮《きようしゆく》のまなざしに、胸がなんとも言えず熱くときめいて、またしてもカッコつけてしまった。

「……えーくん、どうしてそんなところにいらっしゃるの？」

「えっ……？　ああ」

俺はまだドアの近くに突《つ》っ立っていた。無意識だったが、たぶん玉座の威圧感《いあつかん》のせいで近づけなかったのだろう。気分は王の執務《しつむ》室に呼ばれた家臣だ。

「お昼、もう召《め》し上がった？」

デスクの一メートルほど前まで近づいたとき、彼女はそう言って足元から何かを取り出し、机上に置いた。

「え？　うん」

「もう入らないかしら？　よろしければ、これを手伝っていただきたいのだけれど」

それは風呂敷《ふろしき》に包まれた何かで、彼女は話しながら結び目を解《ほど》いて俺に見せる。

「お重……？」

出てきたのは黒い重箱だった。塗《ぬ》りの上品な光り具合がいかにも高そうな逸品《いっぴん》だ。

「炊飯器《すいはんき》を空けようと思ったら、ちょっとご飯を詰《つ》めすぎてしまったの。少しでいいから召し上がってくださらない？」

「じゃあ、いただくよ」

御車響子の手作り弁当を食べられるなんて、それだけで興奮する。早く生徒会室に行こうと、今日の昼は購買《こうばい》の安いパン一つしか食べていなかったので、胃袋《いぶくろ》にも余裕《よゆう》がある。

「助かるわ、ありがとう」

そう言うと、御車響子はパカッと重箱を開けた。そこにはどんな高級懐石《かいせき》が納まっているかと思うと……。

「えっ⁉」

他人の弁当の中身をのぞきこんで、こういう驚《おどろ》きの声を上げたのは初めてだった。

「……のっ、のり弁……⁉」

ご飯の上にびっしりと、真っ黒いふやけた海藻《かいそう》が敷《し》き詰められた重箱の中身。庶民《しょみん》の俺などにはわからない料理かと一瞬《いっしゅん》考えたが、どうしてもそうとしか見えない。

「ええ、そうよ。……ひょっとして、お嫌《きら》いかしら？」

「いや……」

のり弁を嫌いな日本人なんて、少なくとも俺は聞いたことがない。

「よかったわ。今日は海苔《のり》とご飯の間に明太子をたくさん入れた豪華《ごうか》版なの。スーパーで買った見切り品の明太子が、今日までの賞味期限だったから」

所帯じみたことを言いながら、彼女はのり弁を箸《はし》で半分切って蓋《ふた》によそう。そちらが俺の分だと思ったが、手渡《てわた》されたのは本体の方だった。

「……いつも、こういうお弁当食べてるの？」

渡された割り箸でのり弁を口に運びながら、おずおずと尋《たず》ねた。初めて口にする彼女の手作り弁当は、海苔に醤油《しょうゆ》のしみた、ごく普通の明太のり弁だ。

「いいえ、いつもは梅干しご飯が多いわ。少しお金に余裕のあるときに、鮭《さけ》フレークとか、おかずらしいものを入れるの」

「な……」

なんということだ……。

「お金に余裕って……君の実家なら、それなりに仕送りをもらっているのでは……？　栄養バランスも偏《かたよ》るし、既製《きせい》のお弁当を買うとか……」

「まあ、とんでもないわ！　今月もギリギリよ！」

途端《とたん》に興奮したように、御車響子は持っていた箸とお重の蓋を置く。

「一円単位で切り詰めなければとてもやっていけないわ！　今月は同人イベントにも行ったし、印刷所に支払《しはら》うお金もあるし、来週は大好きな中谷蘭子《なかたにらんこ》先生のＢＬ漫画《まんが》の新刊も出るし、うたプソ二期の初回限定特装版ＤＶＤも出るのよ！」

「……へ、へえ……」

「それにしても、えーくんに買ってきていただいた同人誌、とてもよかったわ。また読み終わったものがあるから、今度お貸しするわね」

「ああ、うん……」

「それで、昨日もイベントのことを思い出していたの。あのサークルもこのサークルもよかったわってこの前のサークル配置図を見直して、その勢いで礼拝のお話を考えていたら裏紙に使ってしまって……」

「なるほど……」

「えーくんがいなかったら、わたし一人ではイベントに行く勇気なんてなかったわ。それに、今日の礼拝でもわたしの失敗をフォローしてくださって……。えーくんにはいくら感謝してもしきれないわ」

　彼女は本当にそう思っているらしくて、感謝のまなざしがまぶしい。

「……それでね、わたし、思ったの」

　彼女は真剣《しんけん》な顔で言う。

「考えてみたら、この前もイベントでえーくんにお買い物を頼《たの》んで、大したお礼もせずに済ませてしまったでしょう？　あのときはＢＬへの欲望《よくぼう》に取りつかれていたけど、後で考えたら本当に失礼なことをしたと思ったのよ」

「いや、そんなことは」

　確かに昼抜《ぬ》きでの直帰には唖然《あぜん》としたが、みんなの憧《あこが》れの生徒会長とお近づきになれただけで、俺にとっては宝くじ数千万円相当の価値がある。

「それに今日のこともあるし……、一度ちゃんとお礼をさせていただけないかしら？」

「え？　そんな……」

「今度の日曜日、空いてらっしゃる？」

「………」

　いや、待て。そんなウマイ話あるわけがない。

　相手は腐女子《ふじょし》の御車響子だ。「日曜日の予定を訊《き》く＝デートの誘《さそ》い」なんて、安易に思わない方がいい。

「……次は、何のイベント？」

　用心深く訊いた俺を見て、彼女はちょっと苦笑《くしょう》した。

「違うわ。池袋《いけぶくろ》に、わたしの行きつけのいいお店があるの。よかったらそこでお茶をごちそうさせていただけない？」

「……！」

デート。これは間違《まち》いなく、デートの誘いだ。

「……ば、晩飯の支度があるから、夕方五時には帰らないと……」

震《ふる》え声《ごえ》で答えると、御車響子はふふと笑う。

「わかっているわ。お店は二時半に予約しているから大丈夫《だいじょうぶ》でしょう？」

そして、さらに信じられないことを言い出す。

「せっかくの休日だから、他にご予定がなかったら午前中からお出かけしない？　遊んだり、お買い物したりしてから、お茶に行きましょうよ。池袋にはニャンジャタウンがあるでしょう？」

ニャンジャタウンというのは、大手ゲーム会社が経営する屋内型テーマパークだ。小学生の頃《ころ》に一度だけ行ったことがあるが、世界観の作りこまれたフロアの中に乗り物やゲームがあって、それなりに楽しく遊んだ覚えがある。

「……う、うん……いいけど……」

夢だ。もしくは、罠《わな》だ。

そう思って、口の横の肉を引っ張っている俺を見て、御車響子は不思議そうな顔をする。

「どうなさったの？　何か先約がおありかしら？」

「いや！」

たとえ一年前からの予定が入っていようと全力で空けるし、案ずるまでもなく俺は暇《ひま》だ。

「よかった」

御車響子は唇《くちびる》についたほくろ大の海苔を手元のナプキンで拭《ぬぐ》い、おっとりと微笑んだ。

「それじゃあ楽しみにしているわね、日曜日」

□

彼女がどれほどその日を楽しみにしていたとしても、俺には到底敵《とうていかな》いっこない。

そうして訪れた日曜日、前夜からいきなり高熱を出すことも、外出困難な土砂《どしゃ》降りの雨に見舞《みま》われることもなく、俺は池袋へ出かけることができた。

「ごきげんよう、えーくん」

例によって、彼女とは駅のホームで待ち合わせをした。現れた御車響子は、白いコットンレースのワンピースに、ミントグリーンのカーディガンを羽織っていた。外にいるとちょっと肌寒《はだざむ》そうな格好だが、今日もでたらめな可憐《かれん》さだ。

こんな美少女と半日一緒《いっしょ》に歩けると思うと、周りの男への優越感《ゆうえつかん》がハンパない。今日はオタクイベントではないので、自身の身なりにも気をつけた。

――ヒデくん、顔はアタシ似でそんな悪くないんだから、もっとオシャレすればいいのに～！　ほら、たまにはこういうの着なよ！

――いいよ、この辺歩くならウニクロでたくさんだよ。

うちの母は男の見た目にうるさいので、俺にも時々服を買ってきてくれる。あまりにオシャレすぎて恥《は》ずかしいので、タンスにしまったきり着たことはなかったのだが……。

「……まあ、素敵なお洋服！」

会うなり、御車響子は俺の服を褒《ほ》めてくれた。

(母さん、すげえ……)

今日着てきたのは、母がくれた中で一番この季節に合うものだった。ジャケットとパーカーとジレを重ねて着たようなデザインの一枚トップスで、黒白グレーのシックな色合いが普段《ふだん》から穿《は》いているカーゴパンツにも合う。

「そ、そうかな……？　これは親が買ってきたやつで、下はウニクロだよ」

照れ臭《くさ》くて、つい言わなくてもいいことを言ってしまった。

「すごくかっこいいわ。素敵！」

そうは言うものの、彼女はうっとりしているというよりは、興味津々《きょうみしんしん》といった様子で俺を観察している。

「ちょっと失礼するわね」

そう言うと、俺の襟元《えりもと》に無遠慮《ぶえんりょ》に手をかけてくる。

「ここ、どうなっているのかしら……。あっ、フェイクレイヤードね、ふんふん……」

「えっ、なっ……!?」

「ねえ、片手を上げてみてくださる?」

「えっ?……こう?」

言われるままに右手を上げると、彼女は俺の横に回り込んで「なるほど、こんな風に皺《しわ》が出るのね」とぶつぶつ呟《つぶや》いた。

「あの、ちょ……ちょっと……」

あまりにベタベタ触《さわ》られるので、顔が赤らんでつい身を引いた。すると、御車響子は我に返ったように俺の服から手を離《はな》す。

「あっ……! ご、ごめんなさい、わたしったら」

落ち着きなく視線を動かし、俺より赤くなった頬《ほお》を両手で押さえる。

「すごく素敵なお洋服だから、今度の同人誌で攻《せ》めの子に着せたいと思ってしまって……」

「はあ⁉」

「男の方に馴《な》れ馴れしく触ってしまったりして……恥ずかしいわ、ごめんなさい……」

「いや、それはいいんだけど」

「……じゃあ、あとで写メを撮《と》らせていただける？」

「……いいよ……」

これでどうやら、俺の服を着た攻めキャラが活躍《かつやく》するBL漫画が日の目を見るようだ。

ちなみに「攻め」というのはBLで積極的に押す方の男性のことで、受け身というか、いわゆる「女役」を演じる方のことは「受け」というらしい。大量に貸してもらった同人誌をぼちぼち消化しているせいで、興味のないBLの知識が地味に増えていく。

「……嬉《うれ》しいわ、ありがとう、えーくん！　今日は素敵な一日になりそう……！」

微妙《びみょう》な気分の俺を尻目《しりめ》に、御車響子は満面の笑みでそう言ったのだった。

池袋に着くと、俺たちはニャンジャタウンのあるサンシャインへ向かった。日曜のサンシャイン通りは、歩行者天国になっていても人が渋滞《じゅうたい》するくらい混み合っている。

「見て！　あの子、超《ちょう》可愛くない⁉　モデル？」

「ハーフかな？　金髪《きんぱつ》似合ってるね」

向こうから来た少女たちが、御車響子を見て、すれ違《ちが》いざまにそんな会話をしていく。

（やっぱり、そうだよな）

清聖にいると、あまりのカリスマ的な人気ぶりで逆に感覚が麻痺《まひ》してくるけれども、彼女は街中で通りすがりの人を軒《のき》並《な》み振《ふ》り返らせる程度の美少女なのだ。

そんな彼女と、今日、俺はデートする。

テーマパークで一緒にアトラクションに乗ったり、仲良くゲームをしたり、もしかしたらプリクラとか撮っちゃったり……？

そのあとは、サンシャインシティのファッションフロアをブラブラしてショッピング、最後は二人きりで食事……。万が一いい雰囲気《ふんいき》になってしまったりしたらどうしよう。

——わたし、ＢＬよりもえーくんのことが好きになってしまったみたい……。

「わーっ！」

いけない。こんな妄想《もうそう》をしていたら、彼女のことを本格的に好きになってしまう。

「……どうなさったの？　えーくん」

いきなり叫《さけ》んだ俺を、御車響子は不思議そうに見る。

「い、いや、何でもない！　ほら、ニャンジャタウンだよ！」

俺たちはサンシャインシティに入って二階を歩いているところだった。ニャンジャタウンはこのフロアの中の一区画を使っているので、雑貨屋さんの隣《となり》にいきなり入口が現れる。その入口を指差して、なんとか誤魔化《ごまか》した。

「本当だわ！」

御車響子は目を輝《かがや》かせ、俺を置いて走り出す。彼女が向かったのは……。

「見て見て！　うたプソとコラボしているわ！」

入口にあるネコのキャラクターの像の隣に、うたプソ……この前のイベントで花垣《はながき》が二次創作BL小説を出していた乙女《おとめ》ゲームのポスターが貼《は》ってあった。

「ねえ、せっかくだから、コラボフードを食べましょうよ！」

ニャンジャタウンには、餃子《ぎょうざ》やスイーツの名店の出店を集めたコーナーがある。ポスターを見る限り、どうやらそこでうたプソのキャラをモチーフにした食べ物を限定販売《はんばい》しているらしい。

「う、うん……？」

ポスターに載《の》っているコラボ餃子は、楽器や音符《おんぷ》をかたどった餃子の皮を置いたり、キャラのイラストをプリントしたせんべいを載せてみたりと、苦しい上にあまり美味そうではない。だが、御車響子の瞳《ひとみ》は生き生きとしている。

「迷うわ……。誰《だれ》の餃子にしようかしら」

食い入るようにポスターを見て、ぶつぶつ呟きながら悩《なや》んでいる。

「ステッカーを取るか、味を取るか……。ステッカーを全部集めたいけど、それなら使用する用と眺《なが》める用と保存用が必要だわ……」

どうやら、早くも餃子を食べるつもりみたいだ。コラボ餃子一皿につき一枚うたプソのステッカーがもらえるらしくて、それで迷っているようだった。

そうして悩んだ末に彼女が選択《せんたく》したのは、考えられる中で最もとんでもない方法だった。


「ご……ごちそうさま、御車さん……」

小一時間後、俺は満腹の胃をさすりながら割《わ》り箸《ばし》を置いた。

御車響子はなんと、コラボ餃子六種類をすべて三皿ずつ購入《こうにゅう》するという荒技《あらわざ》に出た。当然彼女一人で食べ切れるはずもなく、見かねた俺が大半を平らげることになったのだ。

「ごめんなさい、えーくん。わたしがふがいないばかりに」

御車響子は恐縮《きょうしゅく》したように身を縮めて謝る。その直後、信じられないことを言った。

「デザートでは頑張《がんば》るわね、わたし」

「デ……デザート!?」

何を言っているんだ、この子は……。

「ええ。デザートコーナーでも、餃子と同じようにうたプソのコラボスイーツが販売されているの。ステッカーを集めないと」

戦意喪失《そうしつ》の俺とは対照的に、彼女の瞳はどんどん輝きを増してくる。

仕方なくデザートコーナーへ向かい、餃子のときと同じように売り場近くの空いている二人席に腰《こし》掛《か》けた。

「おまたせ、えーくん!」

またしても三つずつコラボスイーツを買ってきた御車響子は、右手に一つ、左手に二つコーンのソフトクリームを持って、せわしなく舐《な》めている。テーブルの上には、その他にもシュークリームやゼリー、パンケーキなどが三つずつ並んでいる。

(なぜ一遍《いっぺん》に買うんだろう……)

お腹が重すぎて、声に出してツッコむのも大儀《たいぎ》だ。

「ああっ、こんなに溶《と》けちゃってるわ……あっ、今度はこっちが」

必死な様子で三つのソフトクリームに順番にかぶりつく彼女の姿が、なんとなくエロティックで思わずじっと見つめてしまう。

「ごめんなさい、えーくん」

すると、口の周りを溶けたソフトクリームでベタベタにした御車響子が、切羽詰《せっぱつ》まった様子で俺に左手を差し出した。

「これ、一つだけ食べてくださる……？　三つとも溶けて崩《くず》れてしまいそうで」

確かに、三つのソフトクリームはまだどれもコーン部分に到達《とうたつ》しておらず、ソフト部分がだんだん溶けて傾《かたむ》いてきている。

「……わかった」

コーンはあまり食べたくないが、ソフトクリームくらいなら入る気がした。だが、問題はそこではない。

（間接キスだ……）

受け取ったソフトクリームをまじまじと見つめ、ごくりと唾《つば》を飲み下した。食べかけのソフトクリームには、舌先でクリームをすくいとった軌道《きどう》や、前歯の型がついている。

「……やっぱり、もう入らないかしら？」

その痕跡《こんせき》をじっとにらんでいると、向かいにいる彼女が両手のソフトクリームを舐めながら心配そうに訊《き》いてきた。

「えっ？　ああいや、行けるよ」

変態と思われると一大事なので、えいっとソフトクリームにかぶりついた。どこがコラボなんだか何の変哲《へんてつ》もないバニラ味だが、クリームが口の中に広がる感触《かんしょく》にドキドキする。

（ああ、幸せだ……！）

礼拝で彼女を見られるだけで喜んでいる同級生の男子たちに、さっき振り返りながら彼女を見ていた通りすがりの男子高生に、俺の今の状況《じょうきょう》を自慢《じまん》したい……！

「……どうなさったの？」

ソフトクリームの味を噛《か》みしめていると、御車響子にまた変な顔をされてしまった。

「……いや、なんでもないよ」

「もしかして、知覚過敏《かびん》？」

「え？　あ……うん、実は」

「やっぱり！　わたしのお父さまもずっと知覚過敏で、でもお医者さまに行ったらただの虫歯だったの。えーくんも虫歯かもしれないわよ」

「う、うん……。近いうちに歯医者に行ってみることにするよ」

真面目《まじめ》な顔でアドバイスをくれる彼女は、俺の邪《よこしま》な想いなど気づきもしていない様子だ。

「……このあとは、どうする？」

食べながら話題を変えると、御車響子はソフトクリームを舐めつつモジモジした。

「あのね、えーくん……」

そのとき、天井《てんじょう》の方から館内放送が聞こえてきた。

『お待たせいたしました。入場制限をしておりました、うたう王子様たちのラプソディーのわなげが、ただいまからお並びいただけるようになりました』

「あっ！」

御車響子が全身をはっとさせて放送に聴《き》きいる。

『なお、列が定員に達した際には再び入場制限をさせていただきますので、ゲームをご希望の方はお早めにお越《こ》しください』

「大変！　えーくん、早く行かなくちゃ！」

「えっ!?　えーと、このデザートは……」

テーブルの上にある大量のスイーツに目を留めると、彼女も「あっ」と声を上げる。

「どうしましょう……」

「……あ！　アイス以外は持ち帰れるって書いてあるよ。テイクアウトにしてもらおう」

そうしてアイスを片づけながらお店の人にスイーツを包装してもらっている間に、うたプソわなげ狙《ねら》いの女性たちが続々とゲームコーナーの方へ向かっている。

「大変だわ、早く行かないと……！」

その様子を見て御車響子が焦《あせ》る。ようやく最後のスイーツの箱を受け取るやいなや、彼女は女性たちの群れに身を投じた。

「み、御車さーん⁉」

周りはたちまち朝の電車の女性専用車両の様相を呈《てい》し、女性たちをかき分けて進むのはセクハラではないかとひるんでいると、人と人の間からにゅっと白い手が出てきた。

「えーくん、一緒《いっしょ》に走りましょう。景品は品切れも出るし、間に合わなかったら大変だわ！」

「えっ⁉」

御車響子は、はらはらした面持ちで俺を見ている。確かにゲームコーナーへの道のりはここからでもわかるほど女性たちで混み合っていた。

「ああ……わかった」

握《にぎ》った彼女の手は、思った以上に温かくてやわらかい。

「あちらだわ、急ぎましょう！」

「う、うん！」

まるで心臓がむき出しになったように鼓動《こどう》の音が存在感を現して、前を向いて走っていても、隣にいる彼女のことしか考えられない。

行列の最後尾《さいこうび》に着くまでは、永遠のように感じられる、あっという間の時間だった。

「それでは、こちらで締《し》め切らせていただきまーす！」

俺たちがたどり着いてすぐに、係の人が後方から並ぼうとしていた女性たちへ叫《さけ》ぶ。

「危なかったな……」

呼吸を整えながら、隣に並んだ御車響子に言う。汗《あせ》ばんできた掌《てのひら》が気になり、繋《つな》いだ手を離《はな》すタイミングをうかがっていると、彼女がふと俺たちの手元に視線を落とした。

「……あっ！」

短く叫び、慌《あわ》てた様子で俺の手を離す。

「い……いやだわ、わたしったら、こんな……」

真っ赤になった頬《ほお》に猫《ねこ》の手のように丸めた両手を当て、御車響子は俺から目を逸《そ》らした。

「わたし、夢中で……。はっ、はしたない女だと、お思いになったかしら……？」

蒸気が出そうに茹《ゆ》だった顔で、ちらっと俺を見上げて尋《たず》ねてくる。

「い、いや……」

可愛い。可愛すぎる。

「思ってないよ、そんなこと」

そう答えるのが、精一杯《せいいっぱい》だった。

「本当？　よかったわ……」

火照《ほて》りを鎮《しず》めるように指先を伸《の》ばして両頬に押しつけ、御車響子はほっとしたように微《ほほ》笑《え》んだ。趣味《しゅみ》への情熱に取りつかれていないときの彼女は、素直で純粋《じゅんすい》で、抱《だ》きしめたくなるくらい可愛らしい。

「……で、これは一体どういうゲームなんだ……？」

前の方を見ると、用意されたわなげの屋台に、お客さんが輪っかを投げている。音符《おんぷ》を模した出っ張りに入れれば、何かうたプソのアイテムがもらえるらしい。

「三等がステッカー、二等がコースター、一等はポーチがもらえるんですって。それぞれキャラを選べるのだけど、ポーチはカップリ……二人ずつのコンビになっていて、その中にリンさまとマナトさまのカッ……コンビの柄《がら》があるのよ！」

いちいち言い直しているのは、たぶん「カップリング」と言いそうになっているのだろう。この瞳の輝《かがや》きからして、その「リンさまとマナトさま」が彼女の本命ＢＬカップリングのようだ。

「だからどうしても一等が欲しいの……！　ゲーム代はわたしがお支払《しはら》いするから、よろしければえーくんもやっていただけないかしら……？」

「そういうことなら……わかった、やってみるよ」

この行列だと、もう一度並び直すのは厳しいだろう。なるべく一度で成功したい。

「たぶん、一番遠くにあって、入れづらそうな小さい音符が一等なんだろ？」

「ええ……。難しいとは思うけど、わたしも頑張るわ」

そうして並ぶことしばらく、俺たちの番がやってきて、御車響子が先に輪を構えた。

「……えいっ！」

優雅《ゆうが》な仕草で放たれた輪は、手前の大きな音符……三等ステッカーの場所に入った。

「あ～ん……」

ちょっと艶《なま》めかしくも聞こえる声で、彼女はあからさまに落胆《らくたん》する。

御車響子はスポーツも万能で、菊川《きくかわ》と同じクラスにさえならなければクラス対抗《たいこう》リレーにも三年間選手として選ばれるのは間違《まちが》いない。けれども、普段《ふだん》あまりやる機会のないわなげに勘《かん》がつかめずにいるのかもしれなかった。

「あー……！」

二投目も大きな音符に入り、彼女は二枚のステッカーをもらって自分の番を終えた。

「えーくん、頑張《がんば》って！」

列から外れた彼女は、わなげ台の近くから俺を見守る。両手を胸の高さに上げて応援《おうえん》してくれる仕草が可愛くて、自然と男らしい気持ちになった。

「おう！」

このわなげは女性用に短めの距離《きょり》で設定されているので、男にとっては若干《じやっかん》有利だ。

「一回目、どうぞ～！」

係のお姉さんに言われ、一番遠くにある小さな音符に狙いを絞《しぼ》り、ばねのように縮めた腕《うで》を一気に伸ばした。

「あー……！」

御車響子の落胆の声が響《ひび》く。輪はわずかに狙いが逸れ、隣《となり》の二等の音符に入った。

「コースターですね。では二回目どうぞ！」

今度こそ。

さっきと腕の力は同じに、狙いだけは修正して輪を離した。

「……入った！」

輪は見事、一等の音符に到達した。

「おめでとうございます！　ポーチプレゼントで～す！」

「きゃーっ！」

御車響子は喜びの悲鳴を上げ、その場で小さく飛び上がった。

「ポーチ、何番にしますか？」

景品係のお姉さんにパネルを示して尋ねられるが、そのポーチの何番に描《か》いてあるのが該当《がいとう》キャラなのか、俺にはわからない。

「えーっと……『リンさまとマナトさま』のを……」

苦渋《くじゅう》の決断で、消え入りそうな声で言った。コンビニでエロ本を買う十倍恥《は》ずかしい。

「ありがとう、えーくん！　すごく嬉《うれ》しいわ！」

お姉さんに半笑いで景品を渡《わた》されている俺のところに、御車響子がナイスタイミングで走り寄る。いや、俺の羞恥《しゅうち》プレイを考えたらちょっと遅《おそ》いか。

ポーチを受け取る彼女に、お姉さんが言った。

「よかったですね。リンマナのポーチ、これで本日分 終了《しゅうりょう》ですよ」

「えっ⁉　そうなんですか……！」

「いい彼氏さんですね」

「……⁉」

な、なんて嬉しいことを言ってくれるんだ……！

御車響子の彼氏。そんなものがもし三次元に存在するとしたら、それは間違いなく十頭身くらいある超《ちょう》イケメンの金持ちの天才で、スポーツすればウィンブルドンで優勝しちゃって、実はどっかの国の王侯《おうこう》貴族で、なんかよくわからないけど、きっとそんな感じだ。

少なくとも、俺なんかではない。それは重々わかっているけれども。

「か、かれし……！」

俺の狼狽《ろうばい》から遅《おく》れること数秒、御車響子がそう呟《つぶや》いてボムッと赤面する。

「い、いやだわ……」

もらったポーチで顔を隠《かく》し、モジモジと後ずさりする。

「……ご、ごめんなさい、えーくん。まさかこんなところでリア充扱《じゅうあつか》いされるなんて……こんなド腐《くさ》れ女の彼氏だと思われるなんて、ご迷惑《めいわく》よね」

「い、いや、大丈夫《だいじょうぶ》だよ」

というか、とんでもなく身に余る光栄なのでまったく問題ない。

「お優しいのね、えーくん……。それなら、次は……」

「次⁉」

まだあるのかと身構えると、御車響子はさらに奥の方を指差す。

「プリクラを撮《と》りたいの。……ダメかしら？」

「えっ⁉　い、いや」

女の子と二人きりでプリクラを撮るなんて、生まれて初めての経験だ。今までと違《ちが》って、このイベントはかなりデートっぽい。

「ど……どの機種で撮る？」

「うたプソのコラボ機があるから、それで撮りましょう！」

「えっ⁉」

またうたプソか！　というか……。

「……まさか、今日ニャンジャタウンに来たのは、うたプソのコラボ目的で……？」

おそるおそる尋ねてみると、御車響子は恥ずかしそうに微笑する。

「えーくんを池袋《いけぶくろ》にお誘《さそ》いしようと思って、せっかくだから他にも寄るところはないかと思ってニャンジャタウンを調べたの。そうしたらこれをやっているのを知って……」

「……なるほど」

「一回でもイヤなお顔をされたら出ようと思っていたのだけれども……えーくん、すごくお優しいからつい甘えてしまって」

そんなことを言われたら、もう彼女にどこへ連れていかれてもイヤな顔はできない。

「……わかった。うたプソのプリクラを撮ろう」

他のコーナーと同じく、プリクラもうたプソコラボ機種は混んでいる。しばらく並ぶこと再び、俺たちの順番が来て機械の中に入った。

「……わたし、プリクラ撮るの初めてなの」

「えっ⁉　現代日本にまだそんな女子高生が……⁉」

「でっ、でも大丈夫だわ！　ユーチューブで撮り方のシミュレーションはバッチリしてきたの。まずはこのフレームで撮りましょう」

シミュレーションの効果か、御車響子の操作はいたって手際よくテキパキしていた。画面に映し出されたイラストフレームは、王子様たちが中央に集合したデザインだ。

「えーくん、もう少しだけ端《はし》に寄ってくださる？」

「ん？」

「でないと、シュンくんが隠れてしまうの」

「えっ？　そんなこと言っても……」

イラストはほぼ画面いっぱいに広がっているので、誰《だれ》の身体《からだ》の一部も隠さないようにするには、俺と御車響子は左右の端に張りつくしかない。どうやらそのつもりらしく、彼女は俺の向かい側の厚手のビニールの覆《おお》いにぴったりと背をつけていた。

「これなら行けるわ……撮るわね、えーくん」

緊張《きんちょう》した声色で言うと、彼女はそっと手を伸ばしてシャッターボタンを押す。

カシャッ！

映し出された画面には、二次元イケメンたちの両脇《りょうわき》で、尾行《びこう》中の探偵《たんてい》のように身体をピンと細く伸ばした俺たちがいた。

「一体、この写真に俺たちが写り込む意味とは……」

「次はマナトさまで撮りましょう」

彼女が再び操作をすると、画面にデーンと黒髪《くろかみ》のイケメンキャラが現れる。ちょうど画面の半分を隠すようなデザインで、おそらくファンの女性がツーショットを撮れるように作られているのだろう。

「これは……俺は遠慮《えんりよ》した方がいいんじゃ」

「ダメよ、そんなの。夢厨《ゆめちゆう》みたいで恥ずかしいわ」

御車響子は真面目《まじめ》な顔で言う。

「ゆ、夢厨……？」

「とにかく、一緒《いつしよ》にいてくださらなければイヤだわ。こちらへいらして」

そうは言うものの、空いているスペースはちょうど一人分なので、マナトさまを隠さないようにするには俺と御車響子はかなり密着しなければならない。

「これは無理だろ……よろける」

「そうね……」

狭《せま》い中お互《たが》い身体が触《ふ》れ合わないように遠慮しているので、体幹が不安定でぐらぐらする。そんな姿勢で機械を操作していた御車響子は、シャッターボタンを押した瞬間《しゆんかん》、とうとう「きゃっ！」とよろめいた。

「だっ、大丈夫⁉」

とっさに支えようと手を出したところ、俺の胸に飛び込むような体勢でよろめいた彼女を抱《だ》きしめる形になった。

「…………」

鼻先にいい匂《にお》いのする髪《かみ》が触れ、身体中に彼女の身体のやわらかさと体温を感じる。

カシャッ！

シャッター音で我に返った俺は、彼女と同じタイミングで弾《はじ》かれるように身体を離《はな》した。

「ご、ごめんなさい！」

「こっちこそ……！」

画面には、今しがたの俺たちの様子が、フレームに合成されて映し出されている。互いをきつく抱きしめ合う様は、どこからどう見ても熱愛中のバカップルだ。

「と、撮り直そうか？」

「……いいわ……早く出ましょう」

真っ赤になった御車響子は画面を直視することができないようで、息も絶え絶えといった様子で答える。

「落書きタイムだってよ？　おーい……」

「しっ、知らないわ……。えーくんがお書きになって」

よっぽど恥ずかしかったのか、彼女はほとんど拗《す》ねたようにそっぽを向いてしまって、俺は仕方なく一人でペンを取って画面に向かう。

まずは、一枚目。

（これには何も書かない方がいいだろうな……）

王子様たちでいっぱいのフレームを見て、そう判断してスルーする。二枚目もそんなに余白があるわけではないが、抱き合った俺と御車響子の下半身辺りがさびしい気がする。

「…………」

女の子とプリクラでツーショしたとき、お前ら何を落書きする？

立て方も知らないのに思わず脳内で2ちゃんにスレ立てしてしまったが、安価《アンカー》してくれる住人もいないので自問自答するしかない。

（無難なところで、名前か日付か……）

と、まずは名前を書こうとして、ありえないほどの羞恥に襲《おそ》われてペンが震《ふる》えた。

みくるま&きりしま、きょうこ&ひできみ……あるいは、きょーこ&えーくん……!?

この画像に、それ!?　正気か、俺は……！

「あ〜〜！」

あまりの恥ずかしさに一瞬《いっしゅん》でもそんなことを考えた自分が気持ち悪くなり、今日の日付のみを殴《なぐ》り書いて落書きを強制終了した。

「……はい、これ！」

受け取り口から二つに分かれて出てきたシールの一方を、ずっと俺に背を向けていた御車響子に渡す。

「ありがとう……」

ちらりとシールに目をやった彼女は、再び頬《ほお》を紅潮させる。

「恥ずかしいわ……。こんな写真、はれんちだわ……」

「……じゃあ、俺が二枚とも引き取ろうか？」

「ダメッ！　マナトさまがいるもの……！」

強く言って、彼女はプリクラをバッグから出した手帳にしまう。その顔はまだ赤い。

「……次は、どうしようか？」

「ここを出ましょう」

ハグプリクラがそんなに恥《は》ずかしかったのか、彼女は足早にニャンジャタウンを歩いて出口に向かった。その途中《とちゅう》で何気なく時計を見ると、時刻はまだ一時半だ。お茶する予約が二時半だと言っていたから、店に行くにはまだ早い。

「このあとは……？」

俯《うつむ》きがちに隣《となり》を歩く御車響子に尋《たず》ねると、彼女はまだ恥ずかしがっているのか俺をよく見ようとしない。

「……ちょっとお買い物でもしましょうか」

「えっ、どこで？」

というのも、俺たちはサンシャインシティの出口へ向かっていて、もうすぐ外へ出てしまいそうだ。ぶらぶらウィンドウショッピングするなら、ここよりいいところは近くにないと思うのだが……。

だが、御車響子は確かな足取りでフロアを端まで行ってビルを出る。そして目の前に現れた大通りの向こうを見て、俺は絶句した。

「お、乙女《おとめ》ロード……！」

その存在は小耳に挟《はさ》んだことがある。池袋の一角にある、女性オタク向けの店が密集しているという通り。女性版の秋葉原。意識して来たことはないが、ここがそうに違いない。

なぜなら、片側二車線の広い道路の向こうには、巨大《きょだい》な「アニメイト」の看板があり、その他にも聞いたことのあるオタク向けショップの店名があちこちに躍《おど》っている。そのすべてのビルに、いかにも少女が好みそうなキラキライケメンキャラの広告イラストが、こちらに向けて挑発《ちょうはつ》的な視線を送っていた。

「まあ、よくご存じね！」

立ち止まって口開けっ放しの俺を見て、御車響子が嬉《うれ》しそうに両手を合わせる。恥ずかしさからは、もう立ち直ったようだ。

思えば、彼女に「池袋」と言われた時点で、ここに連れてこられることは充分《じゅうぶん》予想ができたはずだ。ただ、我が県民にとってわりと近場の繁華街《はんかがい》である池袋は、地元の中高生がちょっと都会で遊びたいと思ったときに選ぶ定番の街だったので、わりと自然に受け入れてしまったのだ。

（御車響子に普通《ふつう》のデートなんか期待した俺がバカだった……！）

今度こそリア充《じゅう》っぽいデートができるかと思っていたのに、見事に裏切られてしまった。

ここに来た以上、彼女の「お買い物」の内容は明白だ。

「……オタクグッズを、買うの……？」

「うーん、そうね……まずはブラブラしましょう。久しぶりにアコスも見たいわ」

気のせいか、この通りを前にしてから彼女の声がずっと弾《はず》んでいる。それに反比例するように俺のテンションは下がり、彼女に導かれるまま大人しく道路を渡《わた》った。

「乙女ロードって、具体的にどこからどこまでなの……？」

「そうね……、あのアニメイトの看板からこの通りをまっすぐ行って、だいたいK‐BOOKSのコスプレ館辺りまでが、乙女ロードと認識されるショップだと思うわ」

「なるほど……。で、そのお店には何が？」

「主にキャラグッズとコスプレ衣装と同人誌かしら。あのアニメイトはアニメイトサンシャインっていう特別店舗で、普通の商品はもう少し駅の方にある本店にあるのよ」

そんな話をしながら、俺たちはその店に入った。店内は見事に若い女性だらけで、いかにも女性オタクに人気のありそうなアニメやゲームに関連したTシャツやグッズ、ガチャポンなどが整然と並んでいる。なんとなく昔を思い出して血が騒《さわ》いだ。

「ここは『アコス』というコスプレ商品のお店のフロアで、眺《なが》めるなら二階が楽しいわ」

言われるままに階段を上って二階へ向かう。

「おおっ！」

上った先のフロアを見て、思わず歓声《かんせい》を上げてしまった。そこには一般《いっぱん》の洋服売り場さながらに、二次元キャラクターの衣装の完成品が、マネキンに着せられたり、ハンガーに吊《つ》るされたりして陳列《ちんれつ》されていた。こんな店に入ったのは初めてだ。

「ここもうたプソかぁ……！」

さっき散々キャラ絵を見せられたので、彼らの衣装はもうわかってしまう。

「ユニフォーム系は自然だなー。あっ、これテニペラじゃん！　うわ、俺でも部屋着で着られそうだな～！　俺様の美技に酔《よ》いな……って⁉」

小さい頃《ころ》に読んでいた少年漫画《まんが》のキャラの衣装を見て、思わずテンションが上がる。そして、はっと我に返った。

「うーん、どうかしら……。ここに出ているのは女性向けのサイズだから、もしかしたらえーくんには少し小さいかもしれないわ」

俺の興奮にはあまり留意せず、御車響子は真面目に返してくる。

「あっ、ああ、そうか……。それにしては、女キャラの衣装が少ないね」

「そういうものだわ。今の女性コスプレイヤーの半数は、男装メインの腐女子《ふじょし》レイヤーだもの。ただ、写真集のＲＯＭは女性キャラのコスの方が売れると聞くわ。ＲＯＭを買ってくれるのは男性が多いから」

「……なるほど」

この前のイベントで伊達《だて》政宗《まさむね》のコスプレをしていた菊川にも、群がっているのは女性だった。彼女のスタイルなら、絶対に男装よりも女性の衣装の方が似合うだろうに。

（こういうのとか……）

彼女を思い浮《う》かべながら手に取ったのは、パンピーにも大人気の国民的漫画『ワンピーズ』の女キャラ、バンコックのセクシー衣装だ。ボディコンシャスなラインのヘソ出し衣装で、胸の谷間がガバッと開いている。

「……悪くないな」

頭の中で、菊川にフル装備で着せてみた。素人《しろうと》のコスプレとしては限りなく最高レベルに近いクオリティになると思う。彼女だけでなく、美少女のオタクはみんな女キャラのコスプレをすればいいのに。

「……御車さんは、コスプレしないの？」

興味本位と下心で訊《き》いてみると、彼女は俺を見て大げさに首を振《ふ》る。

「考えたこともないわ」

「どうして？」

「人に見られるのは、あまり好きではないの」

「えーっ!?　そんな……」

冗談《じょうだん》だろと思って顔をまじまじと見るが、御車響子はいつだって大真面目《おおまじめ》だ。

「本当よ。生徒会長として前に出るのは仕事だから仕方ないと思って、やるからには堂々としていなければと努力しているだけ」

「そんな風には見えないけど」

「……確かに、自分でも時々よくわからなくなるの。でも、本当のわたしはきっとこちら。人一倍内気で引っ込み思案で……だから友達もいないし、オタクなのだわ」

伏《ふ》し目《め》がちにそう言う御車響子を見ると、なぜか俺の胸がきゅっと締《し》め付けられる。

「でも、生徒会長として頑張《がんば》って、学校を良くしていきたいと思う自分も確かにいるの。だからオタクを隠《かく》して、窮屈《きゅうくつ》な思いをしてもやり遂《と》げたいと思っているのよ」

「そうか……」

俺はどうだろう、とふと思った。中学までの痛々しいオタクの俺。すべての趣味《しゅみ》を封印《ふういん》し、毎日つまらねぇと思いながらひっそりと生きてきた清聖生としての俺。

本当の俺は、どっちなんだろうか？

そんなことを考えながらなんとなく店内を巡《めぐ》って一階に下り、再び乙女ロードに戻《もど》る。

すると、御車響子が突然《とつぜん》「よぉし！」とカーディガンの袖《そで》を捲《まく》り始めた。

「……えっ、どうしたの？」

「出陣《しゅつじん》よ」

「え!? どこへ？」

「コスプレをしない腐女子が乙女ロードに来るときのほとんど唯一《ゆいいつ》にして最大の目的……

K‐BOOKS同人館だわ！」

そう言って足取りも勇ましく彼女が向かったのは、通りを直進した先、一階にコンビニが入ったビルだった。二階と三階がK‐BOOKSの店舗《てんぽ》になっているらしい。

「えっ、同人誌は……この前たくさん買ったんじゃ？」

彼女があまりにもやる気に満ちているので、二階へ続く外階段を上りながら尋ねる。

「ええ。えーくんにお願いしたものは全部買っていただけて本当に嬉しかったわ。でも、わたしが自分で向かった帽《ぼう》バスの方は、人気が集中しすぎていくつか売り切れてしまったサークルの新刊があるの。月末にわたしが出るイベントも帽バスのオンリーだし、参考になるかもしれないから絶対に手に入れておきたいわ」

「ああ、帽バス……」

俺のかつての愛読書である週刊漫画誌に連載《れんさい》中の『黒帽のバスケ』、通称《つうしょう》「帽バス」。黒い帽子《ぼうし》がトレードマークの主人公と、個性と才能豊かなイケメンたちが鎬《しのぎ》を削《けず》って争うバスケ漫画で、ここのところ女子の人気を集めまくっているらしい。

「でも、売り切れた本がなんで買えるんだ？」

「それは、ある程度人気のサークルさんは、必ずと言っていいほど書店委託《いたく》システムを利用しているからよ。普通は通販《つうはん》がメインだけれども、有名なサークルの新刊は店頭にも置いてあるの。イベントの直後なら売り切れていることはまずないわ」

説明を聞きながら、二階の店内に入る。女性向け同人誌屋といっても、ぱっと見ておかしなところは特にない……と感じてしまうのは、もしかしたら俺の感覚がこの一週間でだいぶ麻痺《まひ》してしまったせいかもしれない。陳列棚《ちんれつだな》に男と男の表紙の本ばかり並べられているその光景だけで、よく考えなくても普通の本屋とは違《ちが》っているのだから。

「……あったわ！」

目立つところにある帽バスの新刊コーナーへ行くと、御車響子はそう言って、透明《とうめい》なビニールに包まれた同人誌を何冊か手に取った。さりげなく目に入った値札は……。

「七百円⁉　その厚さで？　同人誌は高いって聞いてたけど、この前のイベントで買った本はもうちょっと安かったよ」

「仕方ないわ。サークルさんは書店のマージン分をイベント販売《はんばい》の定価に上乗せして値段設定するの。もし自分が損をするなら、書店に委託しないで自家通販するでしょう？　買い手としては、イベントで買えなかったものが簡単に手に入るだけで有難いわ」

学校ではのり弁で節約生活しているくせに、オタクがらみのことになると彼女の金銭感覚は途端《とたん》にお嬢様《じょうさま》に戻るらしい。

「三階は中古だからこれより安いわ。会計が終わったら行きましょう」

数冊の本を抱《かか》えた御車響子は、そう言うといそいそとレジへ行った。

そのあとで向かった三階は、本屋にしては明らかに異様な空間だった。ずらりと列になって並ぶすべての書棚《しょだな》は足元から身長より高い棚まで本がびっしり詰《つ》まっており、その様は図書館に似ている。

「この配置図を見て、お客さんはお目当てのジャンルの書棚に行くの」

御車響子が示したのは、書棚の横に貼《は》ってある店内地図だった。書棚のどこに何の同人誌があるか、作品名やジャンルごとに色分けして記してくれているのだ。

フロア内は二階よりだいぶ殺伐《さつばつ》としたムードで、みんな何かの戦士のように血眼《ちまなこ》になって棚の本をチェックしている。

「イベントで毎回あんなに本が出てるのに、どうして中古を買う人がいるんだろう」

「そうね。確かに、在庫がある本はサークルさんから新品を買った方がいいと思うわ」

地図をチェックした御車響子が、歩き始めながら俺に答える。

「でも同人は自費出版だから、人気で売り切れた本も、滅多《めった》に再版しないの。だから、今流行中のジャンルはイベントでも充分《じゅうぶん》本が買えるけど、流行のピークを過ぎた斜陽《しゃよう》ジャンル、息の長い長寿《ちょうじゅ》ジャンルだと、一回のイベントで買える本より中古が豊作なのよ」

通路の角にあったレジカゴのタワーからカゴを一つ取って、彼女はその通路に入っていく。棚の表示を見ながら、中ほどまで来て立ち止まった。

「テニペラか」

かつて帽バスと同じ少年漫画誌で連載されていた『テニスの帝王様《エンペラー》』通称「テニペラ」は、姉妹誌での続編も連載中で現在も女性中心に人気がある漫画だ。さっきの店で、俺が見てテンションを上げたのもテニペラのキャラの衣装だ。

「さっき、えーくんが亜斗部《あとべ》さまの真似《まね》をしたから、久しぶりに読みたくなってしまって」

言い訳するように言いながら、彼女はカゴを床《ゆか》に置き、ぎゅうぎゅうに同人誌の詰まった棚にむんずと手を突《つ》っ込《こ》んだ。その場所に挟《はさ》まったインデックスに書いてある「亜斗部受け」の文字を見て、自分の顔から血の気が引くのを感じる。

「ひぃ……！」

亜斗部は主人公のライバル校にいるボスキャラで、振り切った俺様キャラがカッコ良く、俺だけでなく男性読者全体に好感度が高いと思う。

そのカッコイイキャラを……なんと、受けに……！

あまり考えたくない光景を想像してしまって、勝手に身体《からだ》を震《ふる》わせる。

「君は、亜斗部のことをカッコイイと思わないのか……？」

「思うわ。だからBL本を買っているのよ」

「なぜ攻《せ》めではなく、受け……？」

「夢厨《ゆめちゅう》ではないのだから、好きなキャラこそ受け、それが腐女子の基本よ」

「……さっきも聞いたけど、その『夢厨』って？」

おっかなびっくり質問を続ける俺に、御車響子は本を漁《あさ》る手を止めることなく答える。

「夢厨は、ドリーム好きのオタク女子のことよ。ドリーム小説ってわかるかしら？」

「……？　いや……」

「好きな男性キャラと、自分を投影《とうえい》できるモブキャラ女子を恋愛《れんあい》させる小説よ。インターネットの場合、テキストに自分の名前を挿入《そうにゅう》して読めるものが多いわ」

目当てのものがあったのか、一冊の同人誌を棚から引き抜《ぬ》いて、ポサッとカゴに入れる。

「でも、ドリームってつまらないの。恋愛がベタすぎて。キャラクター性に関係なく、女子がときめくシチュエーションにキャラを当てはめているだけなんだもの」

そう言いながら、彼女は自分の真上に手を伸《の》ばした。気になるタイトルがあったのか、えいっ、えいっと背伸《せの》びをして、一番上の棚の本を取ろうとしている。

「……これ？」

彼女の中指の先にある本を、少し背伸びして引き抜いた。っていうか、この本棚《ほんだな》高すぎるだろう……と思って周りを見ると、なるほど、其処此処《そここ》に踏《ふ》み台《だい》が置いてある。

「……あっ、ありがとう」

取った本を渡《わた》すと、彼女はなぜか頬《ほお》を赤らめていた。

「えーくん、背がお高いのね……」

「えっ……？　まあ、御車さんよりは」

数日前の健康診断《けんこうしんだん》でようやく百七十になった平均身長なので、そんなことを言われたのは初めてだ。

「こんなこと、現実で本当に起こるのね……」

彼女は熱に浮かされたような顔でぼうっと俺を見上げている。俺が取ってあげた本を、はにかむ口元を隠すように顔に当てている様子は大層可愛らしいのだが。

『亜斗部さま♡総受け♡18禁アンソロジー』

持っている本のタイトルがそれでなかったら、もっと良かったのになと俺は思った……。

そうこうして御車響子の買い物が終わり、時間もちょうどよかったので、俺たちは彼女の「行きつけのいいお店」へと向かった。

「やはり、ここだったか……」

ここまでフルコースだったら、もうこう来るのではないかと思っていた。

「こちらが本日のメニューになります、お嬢様」

ビシッと決まった執事《しつじ》コスチュームの男性店員が、テーブルに着いた俺たちのところに来てメニューを渡す。品のいいテーブルセットや赤い絨毯《じゅうたん》など、ヨーロッパ貴族の邸宅《ていたく》を思わせるアンティーク調にまとめられた店内は、普通《ふつう》の高級喫茶店《きっさてん》といっても妙《みょう》ではない。

だが、ここは「執事喫茶」だ。噂《うわさ》には聞いたことがある。執事をイメージした燕尾服《えんびふく》に身を包んだ男性店員たちが、女性客を「お嬢様」と呼んで傅《かしず》く、メイド喫茶の異性版のようなサービスのコンセプト飲食店だ。

「男の客は俺一人か……」

さっきまでいたK-BOOKS同人館の地下、乙女《おとめ》ロードのど真ん中にある店内は、土《と》地柄《ちがら》ゆえかコンセプトゆえか、おそらくはその両方の理由で、女性客で埋《う》め尽《つ》くされていた。数人で来ている女子グループの他、壁際《かべぎわ》にはお一人様専用席もあって、お茶を飲みながら女性客が静かに読書していたりする。

「もっと男性が多いときもあるのよ。今日はたまたまだわ、ごめんなさい」

そんなことを話していると、執事が俺たちの頼《たの》んだ紅茶とスイーツを持ってくる。紅茶を淹《い》れる仕草がちょっとカッコつけている気がするけれども、ドラマなんかで見る高級レストランのウェイターと接客態度はそんなに変わらない気がする。

「……ここ、よく来るんだ？」

「ええ。ここの紅茶は美味《おい》しいのよ。デザートやお料理、陶器《とうき》にまでこだわっていて、買い物帰りにティータイムを嗜《たしな》むには絶好のお店なの。一人でも入りやすいし」

「……どの執事が好きなの？」

気になって訊《き》くと、彼女は不思議そうに目をぱちくりさせた。

「そういうのではないわ。あの方たちにはお茶を淹れていただくだけだし。わたし、三次元の男性には興味がないもの」

その言葉に、後頭部をガツンと殴《なぐ》られたような衝撃《しょうげき》を覚える。俺も一応、三次元の男なので、自分の存在を分子レベルで否定されたことになる。

「……そうなのか……」

「ええ」

御車響子は生真面目《きまじめ》に頷《うなず》く。

「……ここにいると、色んな方たちのBLトークが聞けるの。それが楽しくて」

そう言って、辺りを見回した。彼女に釣《つ》られて周りを見ると、隣《となり》のテーブルの三人組の萌《も》え話が、今まさに盛り上がっている。

「だからぁ、リビー兵隊長は受けなんだって！　ああいう人類最強のクールな男が男に組み敷《し》かれるから楽しいんじゃん！」

「でも、アレンも受けじゃない？　いい攻めがいなくて困る！」

「私はアレリビ好きだよ？」

「っていうか、もう兵隊長は総受けでいいんじゃない？　手当たり次第っていうか！」

「あんた天才！　早く描《か》きなよ～！」

人物名から察するに、彼女たちが話しているのは近ごろ社会現象級の人気になった漫画《まんが》『迎撃《げいげき》の巨人《きよじん》』のカップリング話らしい。

御車響子は彼女たちの会話をにこにこしながら聞いている。

「……ねえ、えーくんはどう思う？」

「えっ⁉」

突然《とつぜん》話を振《ふ》られて、どちらかといえば不快な気持ちで聞いていた俺はうろたえる。

「いや……BLカップリングについてはちょっと……。迎撃もちゃんと読んでいないし」

「でも、迎撃の同人誌、わたしがお貸ししたものの中に入っていたでしょう？　兵隊長は受けと攻め、どちらが好みだった？」

「ごめん、まだそれほど読めていなくて……。一日一冊は読むようにしてるんだけど」

「……そうね、えーくんは寮母《りょうぼ》のお仕事も忙《いそが》しいものね……。仕方ないわ」

彼女の残念そうな顔を見て、ちょっと申し訳ない気持ちになる。が、たとえどんなに暇《ひま》を持て余していても、一度に何冊もBL同人誌を読むのは精神的にきつすぎる。

「ああ、早くえーくんとそういうお話ができるようになりたいわ……！」

両手を合わせて目を輝《かがや》かせる彼女は、心からそれを願っている様子だ。

こんな店に来なくたって、リアルでもネットでも彼女に腐女子《ふじょし》友達がいれば、いくらでも欲求《よっきゅう》は満たせるだろう。ほとんどの腐女子がそうして同好の士と萌えを共有しているのだろうし、隣の三人組のように気の合う者とワイワイ楽しく盛り上がっているのだろう。

——人に見られるのは、あまり好きではないの。

たぶん、御車響子が十人並みの容姿の、成績も普通で目立たない女子高生だったら。彼女は生徒会長に推薦《すいせん》されることなどなく、彼女の内面にふさわしい地味で真面目な学園生活を送っていただろう。ＳＮＳで腐女子友達を作って、ああやって仲間と笑い合っていたかもしれない。そう考えると、彼女はある意味とても可哀想《かわいそう》だ。

「ねえ、えーくん」

なんとなくしんみりした気持ちになっていると、紅茶のカップから口を離《はな》した御車響子が俺に言った。

「寮に帰ったら、わたしの漫画のネームを見てくださらない？　今月末のイベントで新刊を二冊出そうと思っていて、昨日二冊目のネームができたの」

ネームというのは、セリフやコマ割りを確認するために描く、漫画の粗《あら》い下描《したが》きだ。漫画が好きだったことのある人間ならそれくらいは知っている。

「……それって、ＢＬ……？」

「ええ、もちろん」

愚問《ぐもん》だった。

「別にいいけど……俺、ＢＬ漫画の良し悪《あ》しなんて全然わからないよ」

「かまわないわ。そういう方に読んでいただいてダメだったら、ＢＬとか以前に、漫画としてダメなのだと思うから」

御車響子の口調はしっかりしている。

（この子はすごいな……）

同い年のはずなのに、一歩も二歩も、もしかしたら数十歩くらい置いていかれているような気がする。

（……腐女子だけど）

そう付け足して貶《おと》しめようとする自分が、なんだかあさましく感じられて惨《みじ》めだ。

もしも、万が一。

あの中学時代の黒歴史的な趣味《しゅみ》を今でも持ち続けていたら……、あの恥《は》ずかしい設定の漫画やポエムを、挫折《ざせつ》することなく形にできていたら。

俺は今頃《いまごろ》、彼女のように前に進むことができていただろうか。

「……えーくん？」

いつの間にか無言で俯《うつむ》いてしまっていた俺に、御車響子が気遣《きづか》わしげに声をかける。

「……ああ、うん？」

「大丈夫《だいじょうぶ》かしら？」

「何が？」

「ネームを読んでいただくの……」

そうだ。そういう話だった。

「いいよ。参考になる感想が言えるかわからないけど、俺でよければ」

「ありがとう。……よかったわ」

彼女はほっとしたように微笑《ほほえ》んで、テーブルの上のスプーンを手に取った。

「いただきましょう。紅茶も冷めてしまうわ」

俺たちは紅茶と一緒《いっしょ》にデザートプレートを頼んでいた。まだ餃子《ぎょうざ》がもたれている俺は負担の少ないシャーベットとフルーツのセットにしたが、御車響子はケーキとアイスもついたガッツリデザートセットだ。

「あっ、ローズ味！」

アイスを一口食べて、彼女は目を輝かせた。

「美味しそうだね」

俺の相槌《あいづち》に、彼女は「あっ」とスプーンを口から離す。

「えーくんも召《め》し上がる？」

別に欲しくて言ったわけではないのだけれども、彼女は自分のスプーンにアイスを載《の》せてこちらに差し向けてくる。

「う、うん、じゃあ……」

本日二回目の間接キスを意識して、そう言いつつも受け取るのをためらう。すると、一人の執事が御車響子の後ろにすっと近づいてきた。

「もう一つスプーンをお持ちしましょうか、お嬢様《じょうさま》」

「えっ……？」

きょとんとしている彼女と、俺を交互《こうご》に見て、執事はからかうような微笑を浮《う》かべる。

「もし、こちらの坊《ぼ》っちゃまがお嬢様の大切な方でしたら、無粋《ぶすい》なことを訊いてしまい申し訳ありませんが」

「え……!?」

御車響子は手元のスプーンを見てから執事を見上げ、顔を真っ赤にする。

「お似合いのお二人ですよ」

執事は苦笑して俺たちにそう囁《ささや》くと、何事もなかったかのように去っていった。

「……や、やだ、わたし。気づかなかったわ」

赤面したままの御車響子は、恥ずかしさを鎮《しず》めるかのように、俺にくれるはずだったローズアイスを自らパクパク口に運び始めた。

「さっきのアイスも、食べかけでえーくんに渡《わた》してしまったわね……。ごめんなさい、か、間接キスだったわ……」

「いや……別に……」

――お似合いのお二人ですよ。

執事のちょっといい声が、脳裏で何度もこだましている。御車響子には申し訳ないけど、彼女の彼氏に見られることは何度体験しても嬉《うれ》しい。

「…………」

なんだか妙《みょう》に気恥《きは》ずかしい空気が流れ、俺たちはしばらく無言でデザートを口に運んだ。

「……使えるわね、これ」

しばらくしてから、向かいの彼女がふと呟《つぶや》く。

「え？」

まだ彼氏扱《あつか》いされた感動を噛《か》みしめていた俺は、爛々《らんらん》と目を輝かせる彼女を見てぽかんとしてしまう。

「放課後、部活帰りにコンビニでアイスを買う友達同士の二人。無意識にしていたアイスの味見が間接キスだったことに気づいて、その日からお互《たが》いを意識してしまう……すっごくいいBLだわ！　そう思わない⁉」

「……はあ……」

早口でまくしたてる御車響子は、やっぱりどうしようもない腐《くさ》れ女子だった。

□

夢のようだった池袋《いけぶくろ》デートから帰り、その夜、俺はこっそり御車響子の部屋に向かった。

「……これなの」

A5サイズの小さなノートを、御車響子は俺に緊張《きんちょう》した面持ちで手渡《てわた》す。部屋の中央にある丸テーブルの前でそれを読むこと、しばらく。

「……すげぇ……」

BL漫画のネームを読んで、そんな感想を呟くとは思わなかった。彼女が貸してくれたBL同人漫画のうちの何冊かは読んでいるが、それらとは比較《ひかく》にならないほど面白い。緻密《ちみつ》な感情描写《びょうしゃ》と、キャッチーなストーリー。短編恋愛《れんあい》漫画としてのクオリティが半端《はんぱ》ない。ネーム段階なので人物のイラストが男か女かはっきりせず、絵面での嫌悪感《けんおかん》がなかったのも大きい。性的な描写がない全年齢《ねんれい》向けなのも幸いだった。『黒帽《くろぼう》のバスケ』の二次創作ということだが、俺がオタク時代に帽バスをあまり読み込んでいなかったのも、余計な感情に左右されなくて良かったと思う。

「……すごいよ、これ。超《ちょう》面白い。面白いのに、せつなくて泣ける。でも、最後はハッピーエンドなのがすごくいい」

「本当⁉」

俺の向かいで正座していた御車響子は、それを聞くと両手を合わせて目を輝かせた。

「嬉しいわ……！　そんなことを言っていただけるなんて思わなかった」

俺だって、そんなことを言うとは思っていなかった。「やっぱりわからないよ、ごめん」そんなことを言って、彼女を失望させてしまうのではないかと案じていたのに。

BLが好きとはお世辞にも言えない俺でも、この漫画なら読める、と思った。

「……すごいな。君はきっとプロになれるよ」

中学の頃《ころ》、漫画家《まんがか》に憧《あこが》れたこともあった。キャラの設定やカッコイイ必殺技を考えるのが純粋《じゅんすい》に楽しかった。でも、作画もコマ割りも難しくて、何よりストーリーをまとめるのが大変で、一作もまともに完結させずにブームは終わってしまった。

オタクから身を引き、かといって精力的に友達や彼女を作ってリア充《じゅう》になることもできず、なんとなくつまらないと思って生きている今……。

胸がこんなに熱くなるのは、久しぶりだった。

「……いいな。君には、夢中になれるものがあって」

御車響子が羨《うらや》ましい。返されたネームノートを胸に抱《だ》いて、喜びにキラキラ輝《かがや》く瞳《ひとみ》で俺を見つめる彼女を見て、純粋にそう思う。

「俺、応援《おうえん》するよ。君が漫画家になるのを見たい」

心の底から溢《あふ》れ出る欲求として、そう言った。

「……えーくん……」

御車響子は、びっくりしたような、感動したような表情で俺を見つめていた。そして。

「ええ！　わたし、頑張《がんば》るわ！」

輝くような笑顔で、そう答えたのだった。

4

その日から、御車響子《みくるまきょうこ》はイベント原稿《げんこう》に熱中し始めた。

――わたし、頑張るわ！

叶《かな》えたい夢に向かって邁進《まいしん》する、彼女のまぶしい笑顔。あの顔が、自分の部屋に戻《もど》ってからも、俺の胸に何か火種のようなものを残している。

なんでもいい。彼女のために、俺ができることはないんだろうか。

（でも、ＢＬのことなんてわからないしな……。身近に詳《くわ》しい人がいれば訊《き》けるんだけど）

そう考えたときに思い出したのは、従姉《いとこ》のユキ姉《ねえ》のことだった。

ユキ姉は母の姉の娘《むすめ》で、都内の女子大に通う十九歳だ。二年半前……オタク荘《そう》に引《ひ》っ越《こ》してくるまで、俺はずっとユキ姉の家の隣《となり》に住んでいた。母と二人で狭《せま》いアパート暮らしだった俺は、庭付きの一軒家《いっけんや》で両親の揃《そろ》っているユキ姉の家が好きで、幼い頃からよく遊びに行っていた。俺が漫画好きになったのもユキ姉の影響《えいきょう》が大きい。

ユキ姉の部屋には山ほど少年漫画があった。無料の貸し本屋が隣にあるようなもので、テニペラを読んだのもユキ姉の部屋だ。俺が特にハマったのは『銅《あかがね》の錬金術師《れんきんじゅつし》』で、無断で単行本を持ち帰って怒《おこ》られたりもした。当時は特に何も思わなかったけれども、今になって彼女の蔵書を思い出すとなんとなくニオう。ユキ姉はたぶん腐女子《ふじょし》だ。

その証拠《しょうこ》に、高校に入った頃からユキ姉は本格的に漫画を描《か》き出した。昔から絵の上手い人で、よく俺の好きなキャラのイラストを描いてくれたりしたのだが、その頃になるとユキ姉は自分の描いた漫画を見せてくれなくなった。あまつさえ、部屋から俺を閉めだすことが多くなり、引っ越す頃にはもう何か月も会っていないような関係になっていた。

──柚希帆《ゆきほ》ったら、最近ずっと部屋に籠《こも》って漫画描いてるの。大学受験もあるんだし、遊んでないで勉強しなさいって言ったら「遊びじゃない、〆切《しめきり》に間に合わないの！」とか言って、新人賞にでも応募《おうぼ》してるのかしら～？

──ヤダ～、ユキちゃんすごいじゃない！　未来の漫画家先生～!?　デビューして印税たんまりもらったら、アタシに美味《おい》しいモン奢《おご》ってね～！

伯母《おば》さんと母さんが呑気《のんき》にしていた会話の意味も、今考えると「そう」としか思えない。

……だが、仮にユキ姉が腐女子で、同人のことを教えてくれる存在だったとしても。

俺がそこまでする必要はあるのだろうか？　求められてもいないのに、御車響子のために何かしたいと思っている。俺のこの気持ちはなんなのだろう。

でも、とにかく放っておけない。彼女のために何かしたい。彼女の情熱が、才能が、俺の中にくすぶっていた何かをどうしようもなく衝《つ》き動かしている。

最初に思い立ってから数日後の晩。寮母《りょうぼ》の仕事をすべて片づけて自室に帰った俺は、悩《なや》んだ末ついに伯母の家に電話をした。

「もしもし、伯母さん？　英君《ひできみ》です」

「あら、ヒデちゃん〜⁉　久しぶり！　どうしたの〜？」

うちの母とそっくりなハイトーンボイスが、少し懐《なつ》かしく胸に沁《し》みてしまうくらいには俺も母に愛着があるらしい。あまり認めたくないけど。

「ユキ姉の携帯《けいたい》番号、教えてくれる？　ちょっと連絡《れんらく》取りたくて」

大学に入ってから、ユキ姉は実家を出て都内で一人暮らしをしている。特に個人的に会う用事もなかったので、これまで連絡先すら把握《はあく》していなかった。

「えっ⁉　やだぁ〜すごい偶然《ぐうぜん》！」

すると、素《す》っ頓狂《とんきょう》な声を上げて、伯母は言った。

「ついさっき、柚希帆からも電話かかってきたの。ヒデちゃんのケータイ教えて〜って」

「えっ⁉」

なんたる偶然。

「今電話切ったばっかりだから、もうすぐかかってくるんじゃない？」

伯母さんがそう言っているそばから、俺のスマホからキャッチホンの呼び出し音が鳴った。表示されているのは知らない番号である。

「あっ、ほんとだ……！　ありがとう、伯母さん」

簡潔に挨拶《あいさつ》して電話を切り、一瞬《いっしゅん》息を詰《つ》めて通話ボタンを押す。

「……もしもし？」

「あっ、ヒデちゃん～？　ユキだよ～！」

その甘ったるい声を聞いた瞬間《しゅんかん》、ユキ姉の記憶《きおく》が一時《いっとき》に蘇《よみがえ》ってきた。

小さい頃から、ユキ姉はどうしようもないダメ人間だった。計画を立てるとか、時間を守るとか、物を片づけるとか、そういうきちんとしたことがおよそできない人で、彼女の部屋に散らかった漫画を俺がいつも文句を言いながら本棚《ほんだな》にしまっていた。

それでも顔だけは可愛くて、近所でもなんだかんだでいつもモテていた気がする。

――柚希帆は逸子《いっこ》似よね～。人生踏《ふ》み外《はず》さないでねぇ～。

他人事《ひとごと》のように言う伯母さんの心配は、けれども外れ、ユキ姉は中学生になっても俺以外の男を自分のテリトリーに入れることはなかった。

――イトコって結婚《けっこん》できるんだよ～。ユキがダメ女のままオバサンになったら、ヒデちゃんがお嫁《よめ》にもらってね～。

床《ゆか》に寝《ね》っ転《ころ》がって漫画を読みながら、ユキ姉は嘘《うそ》かホントかわからない調子で言った。

それも悪くないかもなぁと思っていた俺は、ほんのちょっとユキ姉のことが好きだったのかもしれない。

「あ、ああ……久しぶり」

本当に久しぶりで、どんなテンションで話していいかわからない。最後に会ったのは引っ越してから母さんと一緒《いっしょ》に伯母を訪ねたときで、一年半以上前のことになる。

「……ねぇ、単刀直入に言うね」

妙《みょう》にドギマギしている俺に、ユキ姉はいきなり深刻な口調になって言った。

「ヒデちゃん、先々週の日曜日のビッグサイトのイベントで、うちの本買いに来た？」

「…………」

一瞬、驚《おどろ》きの言葉すら出なかった。

「えええっ⁉」

「あ～っ、やっぱりだ！　ねぇ、ヒデちゃんって腐男子なの⁉　なんで⁉　小さい頃、ユキの好きな漫画ばっかり読ませたから!?」

「いや、あの……なんで？　俺のこと見たの？」

「見たよぉ～！　ヒデちゃん、紙袋《かみぶくろ》いっぱい提げてうちに本買いに来たじゃん！」

「でも俺、ユキ姉には会ってないと思うんだけど……」

「ユキ、後ろで段箱から在庫出す係だったんだよ～！　売るのは売り子さんで～。でも、ちらっと見えて、あ～！　って！」

要領を得ないこの話し方、ユキ姉だ。

「ユキ、ずっと〆切で～、あの日も後ろでネーム描《か》きながらイベント参加してたんだよ～。昨日ようやく次の新刊一つ入稿《にゅうこう》したから、ママに電話して、ヒデちゃんの番号聞いたの！確かめようと思って！」

「何を？」

「あれ、ヒデちゃんだったの!?」

「……だから、そうだって言ってるだろ」

「言ってないよ！　今初めて聞いたよ！」

懐かしい。ユキ姉とはずっとこんな感じだった。

「……ユキ姉、どこのサークルだったの？　壁《かべ》？」

「壁だよ～、っていうか、シャッターだよ～！　大手サマよん、うふふ、崇《あが》めたまえ」

「シャッター？」

「キミ、初心者かね？　シャッターサークルっていったら、壁の中でも超《ちょう》大手、列が伸《の》びすぎて会場に収まらないから、シャッター開放して会場の外に列が作れるように配置してあるスペシャル大手サマのことじゃないか～！」

なるほど。さすが「スペシャル大手サマ」はお詳しい。

「……ってか、やっぱユキ姉って腐女子だったんだ……」

今さらながら、その事実にじわじわやられる。

ずっと憧れていた女の子はプロBL漫画家を目指す腐女子で、小さい頃によく遊んだ、もしかしたら初恋《はつこい》の人だったかもしれない従姉は、女性向けサークルの「スペシャル大手サマ」だった。おまけに住んでいる寮《りょう》の住人も全員腐《くさ》っている。

（俺の周りだけ、なんでこんなに腐女子だらけなんだ……）

「そうよ～、ユキは腐女子のカリスマよ～！　初心者腐男子クンのヒデちゃんには、このカリスマ大手作家、楠田《くすだ》モモコ様がなんでも教えてしんぜよう～！」

「自分で『カリスマ』連発すると、全然有難みがないんだけど」

とツッコみながら、そのPNらしき名をどこかで聞いたような気がして首をひねる。いまいち記憶に上らないので、それはともかく話を進めることにした。

「……じゃあ、ちょっと教えて欲しいことが色々あるんだけど」

「うん？　なんだね？」

「同人のこと。知り合いが今度初めて同人誌出すんだけど、部数とか、どうやったら売れるかとか、そういうのってわかる？」

「ふんふ～ん！　まあケースバイケースだね！　どれ、詳しく聞かせてみてよ～！」

「うん……、」

いまいち不安だなあと思いながら話そうとしたとき、部屋のドアをコンコンとノックする音が聞こえた。

（誰《だれ》だ……？）

時刻は午後十一時で、御車響子だったらこんな夜更《よふ》けには訪ねて来ないだろう。

「ええと、今度の帽《ぼう》バスのオンリーイベントで……」

話していると、ノック音はどんどん連続的になってくる。

「……ごめん、ユキ姉。電話かけ直してもいい？」

「ん？　いいよぉ～。じゃあ、一瞬全裸《いっしゅんぜんら》になってシャワー浴びてくるねぇ～」

「そういうの、いちいち言わなくていいから」

最後までおバカだったユキ姉との会話を終え、今やせっかちな坊主《ぼうず》の打つ木魚のようなノック音に慌《あわ》てながらドアを開ける。

「はいはい、どちら様！」

すると、薄暗《うすぐら》い廊下《ろうか》に長い黒髪《くろかみ》の女が立っていた。

「ひいっ！」

よく見れば、それは髪を下ろした八剣《やつるぎ》だった。肌触《はだざわ》りがよさそうなパステルピンクのパイル地のパーカーとショートパンツで、いかにもアイドルの部屋着っぽい格好をしている。

「遅《おそ》いわよ。約束のものを取りに来たわ」

無表情で抑揚《よくよう》のない声で、彼女はこちらに手を差し出す。

「約束……？　ああ！」

イベントのときの約束を思い出して、御車響子から借りた同人誌をひと山、彼女が持ってきた状態で紙バッグごと渡《わた》す。

「これくらいでいい？」

紙バッグはまだもう一つあって、その他に少しずつ読もうと枕元《まくらもと》に積んでおいた同人誌の山もある。すると、八剣はすかさず目を光らせた。

「これくらいって……他にもまだあるの？」

「えっ、ああ、奥に……」

それを聞くなり、彼女は部屋の明かりをすべて点《つ》けてずかずか侵入《しんにゅう》してきた。

「えっ⁉」

慌てて追いかけると、彼女は物盗《ものと》りのように手際よく俺の部屋をチェックし、もう一つの同人誌の紙袋と、枕元に積んである同人誌を見つけ出す。

「これは持ってる……、これは借りる、これも借りてくわ」

俺の枕を座布団にして座り、次々と枕元の本を仕分けていく八剣を、なすすべもなく茫《ぼう》然《ぜん》と見ていた。ふと仕分けの手を止めた彼女は、隣《となり》に立った俺を不気味そうに見上げる。

「……ちょっと、襲《おそ》わないでね。私、まだＶＩＧから抜《ぬ》けたくないし」

「襲うか！」

深夜に突然《とつぜん》男の部屋を訪ねてきてＢＬ同人誌を仕分け出すような清純派アイドル、色んな意味で手強《てごわ》すぎる。

「……一応ルール守ってるんだ、偉《えら》いね。全員彼氏がいないなんて大ウソだと思ってた」

「ほぼ大ウソよ。私の他に数人だけ本物の処女がいるけど、全員ゴリゴリのガチオタ腐ね」

ファンが聞いたら卒倒《そっとう》しそうなことを言って、八剣は借りることにしたらしい同人誌を胸に抱《かか》えて立ち上がる。

4
2
4

「じゃあ、読み終わったら返しに来るわ」

二つ目の紙袋にそれらを入れて持ち、最初に渡した紙袋をもう片方の手で持って、彼女は最後にためらいがちに口を開いた。

「……キミの同人誌チョイス、いいセンスしてる。ファッション腐男子かと思ってたけど見直したわ」

少し悔《くや》しそうな感情を声に滲《にじ》ませて、八剣は自らドアを閉めて去っていった。

「……な……なんなんだ、今のは……」

一人になって、急襲者《きゆうしゆうしや》が出て行ったドアを見つめて立ち尽《つ》くしてしまう。すると、それほどの間を置かずに再びコンコンとノックの音がした。

「はい？」

同人誌の忘れものでもあったのかと思って開けると、そこにいたのは八剣ではなかった。

「えっ⁉　菊川《きくかわ》さ……」

「おじゃまするナリよ〜、霧島《きりしま》氏！」

言いながら、菊川は俺の身体《からだ》を押すようにして部屋に入ってくる。

「な……なんだよ⁉　っていうか、その格好は……⁉」

菊川はスウェット素材のハーフパンツを穿《は》いていたが、上半身はほぼ裸《はだか》だった。さらしと思われる白い布だけを胸にぐるぐるに巻きつけていて、潰《つぶ》しきれない豊かな丸みが深い谷間を作って目のやり場に困る。

「次のコスプレキャラで悩《なや》んでたナリ。それでこの前のイベントの写真を見てたら、霧島氏のことを思い出したナリ！」

「なんでこんな時間に⁉」

「GWのイベントまでには、もうあんまり時間がないナリ〜！」

「……ちなみに、そのイベントって……？」

「スパコミの二日目ナリ〜！」

よもや御車響子と同じかと思って訊《き》いてみたが、違《ちが》っていたのでほっとした。

「今度は友達のスペースで写真集のROMも売ろうと思ってるから余計に悩むナリ。いつも、いっぱい写真は撮《と》ってもらえるけど、ROMはあんまり売れないナリ……」

「ふーむ……」

——ROMは女性キャラのコスの方が売れると聞くわ。ROMを買ってくれるのは男性が多いから。

この前、池袋《いけぶくろ》で御車響子が言っていたことを思い出した。

「それなら、女性キャラをやってみたら？　そうしたら男がROM買ってくれるよ」

それを聞いて、菊川は大きな目をぱちくりさせる。

「ボクが……？　女性キャラをやるナリか……？」

「うん。ワンピーズのバンコックとか、似合うと思うけど」

「ええ〜〜っ!?」

信じられないという顔で、彼女は頭が取れてしまいそうなほど首を大きく振《ふ》る。

「ムリムリ！　恥《は》ずかしくてとてもできないナリよ！　ボクには無理ナリ！」

「そんなことないと思うよ。菊川さんはスタイルがいいし」

まさか自分で気づいていないこともないだろうと思って言ったのだが、菊川はポッと顔を赤らめた。

「ほ、ほんと……ナリ……？」

「えっ？　ああ、うん、かなり……」

意外な反応に、こちらも動揺《どうよう》してしまった。

「…………」

菊川は、頬《ほお》を紅潮させたまま、目玉を上にきょろきょろ動かして、何か考えている風だった。それから何を思ったのか、俺を見つめて嬉《うれ》しそうに口角を上げる。

「ふうむ……。ちょっと考えてみるナリ」

（楽しそうだなあ……）

自分のやりたいことがあって、試行錯誤《しこうさくご》しながらそれに邁進《まいしん》して。御車響子と同じだ。

今の俺には、好きなことに夢中な彼女たちの姿がまぶしい。

「ありがとナリ！　参考になったナリ」

爽《さわ》やかにお礼を言った菊川は、ふと俺の後ろの畳《たたみ》に視線を落として目を見開く。

「あっ、これ！」

布団の方に近づいてしゃがみ、枕元に落ちていた同人誌を拾い上げた。

「この前ボクが言ってた、楠田モモコ先生の新刊ナリ～！　出しといてくれたナリか？」

「えっ⁉　あ、ああ……うん」

本当は、さっき八剣が「これは持ってる」と残していったものなんだけど。

「じゃあ借りてくナリ、ありがとうナリ～！」

菊川は満面の笑みで本を抱え、足取りも軽く俺の部屋を出た。

「コスプレのこと、霧島氏に言ってよかったナリ。これからも相談させて欲しいナリ！」

「え？……ああ、うん……」

「やったナリ！　おやすみナリ～！」

手を振りながら、菊川は自分でドアを閉めた。

「……あんなアドバイスでよかったんだろうか……」

御車響子の受け売りを言っただけだし、今後も彼女の力になれる自信はないのだが。

「……ん？」

部屋に一人になってから、ふと菊川との会話を思い出す。

「楠田……モモコ……？」

――このカリスマ大手作家、楠田モモコ様がなんでも教えてしんぜよう～！

「ああ～っ！」

思い出した。御車響子が買い、菊川が一冊だけ熱烈《ねつれつ》に貸して欲しがり、八剣が「持ってる」と除《よ》けた、おそらく本当にカリスマ級の人気同人作家。

BL同人活動のことなら、彼女に訊けばまず間違《まち》いない。

「もしもし、ユキ姉!?」

勢い込んで電話をかけ直した俺は、その晩、空が白々と明けるまでユキ姉と同人誌の話を続けたのだった。


そうして迎《むか》えた翌日は、当然の結果として寝不足《ねぶそく》だった。

昼休みになり、コンビニ弁当を黙々《もくもく》と平らげてから机に突《つ》っ伏《ぷ》して、俺は眠気《ねむけ》が意識をさらうのを待っていた。

『二年五組の霧島くん、二年五組の霧島くん、放送室まで来てください』

そのとき、校内放送で突然そんなアナウンスが流れた。

「……？」

なんだろう。落とし物でもしたのだろうか。

それにしては呼び出されたのが職員室でも生徒会室でもないということで、首をひねりながら教室を出た。校内にはお昼の放送としていつものように人気のＪ－ＰＯＰが流れ、三階の放送室に着くと扉《とびら》の上の「放送中」のランプは点灯しているが……。

「よっ、少年！」

防音扉を開けた先で手を上げたのは、真澄先輩《ますみせんぱい》だった。寮《りょう》では食事のたびに会うが、制服を着ている彼女を見たのはこれが初めてだ。

「……先輩が、なぜこんなところに？」

パソコンや機材の並ぶ部屋の中で、先輩は一人で座っていた。椅子《いす》に逆向きに座っているので、背もたれがお腹の前に来ている。

「っていうか、今はお昼の放送中では？」

「あー、いいのいいの、曲はパソコンから自動で流れるから。あたしら放送部員は最初と最後にちょっと喋《しゃべ》ればいいだけ」

「えっ、先輩まさか放送部員ですか？」

「そうよー。部員でもあたしの顔知らない子がほとんどだけど」

軽いノリで言いながら、先輩は袋《ふくろ》から半分出したパンをかじる。その透明《とうめい》な袋に書いてある「納豆揚《あ》げパン」の文字にぞっとして、すぐに見なかったことにした。

「……もしかして、俺を呼び出したのは先輩ですか？」

「そ。寮だと他の子に見つかるかもしれないから、今日久しぶりに学校来たついでに。あたしが生主やってることは、仕事先との関係もあって、一応世間には内緒《ないしょ》なんだ。だから二人っきりの秘密ってことでよろしく～！」

「それはいいですけど……」

秘密を守るのは、他のメンバーとの約束で慣れている。

「俺を呼び出したのは、その話ですか？」

「いや違う、実は折り入ってお願いがあって」

そう言うと、先輩はいきなり椅子から下りた。

「今度のショタ仮面の生放送に出て！　この通り！」

「ええ～っ⁉」

土下座する先輩を見て、驚《おどろ》くことしかできない。

「っていうか話違うじゃないですか⁉　この前は取材って……」

「それはさ、キミがこんな近くに住んでると思わなかったし」

と、先輩は顔を上げる。

「当たり前だけど、ニコ生って寮のあたしの部屋で撮ってるの。キミならすぐ来てもらえるでしょ」

「だからって……」

「お願い！　頭ならいくらでも下げるから！　お願いします！」

「い、イヤです！」

床《ゆか》に額を打ち付ける先輩を見ても、迷いなく即答《そくとう》した。

（そもそも俺、腐男子じゃねーし……！）

「ちゃんとプライバシーには配慮《はいりょ》するから！　あたしみたいな仮面じゃなくて、馬とかゴリラとかのフルヘッドマスクかぶっていいし！」

「そういう問題ではなくて……！」

「ちゃんとギャラも出すし！」

ピクッと一瞬《いっしゅん》心が揺《ゆ》れるが、そういう問題でもないと自分に言い聞かせる。

「いや、あの、俺はですね……」

――腐男子じゃないんです。

――じゃあ、どうしてこの前のイベントであんなにＢＬ新刊買ってたわけ？

――それは、人に頼《たの》まれて……。

――人って誰《だれ》？　もしかして腐男子友達？　紹介《しょうかい》して！

――いや、男子ではなく女子で……。

――えっ、その子ってショタコン⁉　少年は好き⁉

「…………」

先輩のこの勢いでは、どこまでも食らいついてきそうで面倒《めんどう》だ。

「えーと、あの……」

かくなる上は。

「……とにかく、すいません！」

そう言って、防音扉を開けた。

「えーっ⁉　ちょっと待ってよ！」

「俺には無理です！」

「も～～！　いいよ、あたし諦《あきら》めないからね――……」

パフンと扉が閉まって、先輩の叫《さけ》び声《ごえ》の余韻《よいん》はプツッと切れた。

「諦めてください……！」

勢いで走って逃《に》げながら、この先どうしようと冷《ひ》や汗《あせ》を掻《か》く。三階は一年生の教室があるので、廊下《ろうか》にたむろしている下級生たちが、疾走《しっそう》する俺を変な目で見ている。

「あ、霧島先輩じゃないですか」

スピードを緩《ゆる》めて階段へ向かっていたとき、その手前の廊下で声をかけられた。

「えっ？」

立ち止まって、今まさに追い抜《ぬ》いた集団を振り返る。そこに花垣《はながき》の姿があった。

「何やったんですか、先輩。さっき校内放送で呼び出されてましたよね」

「ああ、いや……」

「汐実《しおみ》、知り合い？」

花垣は同じような茶髪《ちゃぱつ》の女子二人と一緒《いっしょ》にいた。お嬢様《じょうさま》学校の清聖にも、学年に数名はこういうギャルっぽい雰囲気《ふんいき》の女子生徒がいる。

「うちら、あっち行ってようか？」

「え？　うん……」

「……じゃあね、花垣さん」

特に彼女と話すことはなかったので、俺は気を利かせたつもりで立ち去ろうとする。

「先輩！　すいません、ちょっと！」

するとと、友達二人を残し、花垣は俺を追って走ってきた。もう階段を下りていた俺は、踊《おど》り場《ば》で立ち止まった。

「……？　どうした？」

「先輩！　あの！」

花垣は怖《こわ》い顔で俺をにらんでいる。

「……読んでくれたんですか……」

「え、何を……」

と言いかけて、思い出した。

「あっ！」

――……新刊、読んだら感想教えてくださいね。

完全に忘れていた。

「ご、ごめん……。最近ちょっと忙《いそが》しくて……」

気の進まないBL同人誌の読書、しかも他にも御車響子から借りた大量の漫画《まんが》があるので、小説本はつい後回しにしてしまっていた。

「…………」

花垣は俺をにらんだままだ。

「……本当にごめん……今日帰ったら必ず読むから」

「別にいいです！」

ふいっと顔を背け、彼女は不貞腐《ふてくさ》れたように言った。

「同人誌って、人に強制されて読むようなもんじゃないんで」

「いや、読みたい！　読みたいんだよ！」

どうしても売ってくれと頼みこみ、結局タダでもらってしまった手前、それだけは言っておかないと申し訳ない。

「絶対読むから……！」

だが、花垣は俺の方を見ない。

「読みたい！　ああ～、今すぐ帰って読みたいなァ～……！」

そっぽを向いた彼女の横顔が、少しずつ泣きそうに歪《ゆが》み始める。

（ど、どうしよう……逆効果だった！）

心の中の俺も、もう泣きそうだ。

「……ほんとに、別にいいんで」

ぎりぎりで涙《なみだ》をこらえた花垣は、目の縁《ふち》を赤くして言った。低いくぐもった声で、決壊《けっかい》寸前に潤《うる》んだ瞳《ひとみ》をせわしなく動かす。

「先輩に感想を期待したウチがバカでした」

そう言うと、彼女はさっと身を翻《ひるがえ》して歩き出した。

「あ……!」

短いスカートをはためかせて、花垣はずんずんと階段を上っていく。

「ほんとにごめん……!」

後ろから話しかけても、彼女は振《ふ》り向かない。追いかけて言う言葉も見つからないので、そのまま踊り場で彼女を見送ってしまった。

「ああ……」

女の子を泣かしてしまったかもしれない。罪悪感に打ちひしがれて二階に戻《もど》り、教室に入ろうとしたとき、中から出てきた御車響子と出くわした。

「あっ、霧島くん」

俺を見た彼女は、ぱっと顔を輝《かがや》かせる。

「ちょうどよかったわ、今お時間ある?」

「えっ? ああ……」

「ちょっとご相談があるの。生徒会室に来てくださる？」

　そうして俺は、彼女と共に生徒会室を訪れた。今日も中には誰もいない。

「ここは、会長以外使わないの？」

「そうね。この家具が来てから、わたし以外のみなさんは『落ち着かない』とあまりこの部屋にいらっしゃらなくなったわ」

　それは大いにわかる気がする。

「慣れればそんなに居心地《いごこち》悪くないのよ？　だから、ほら」

　そう言うと、会長の机に鞄《かばん》を置いた彼女は、茶色い大きな封筒《ふうとう》を取り出した。さらにそこから中身を出すと……現れたのは、漫画の原稿用紙《げんこうようし》の束だった。

「時間もないし、原稿、お弁当を食べながら進めようと思って持ってきたの」

「だ……大丈夫《だいじょうぶ》？」

「ええ。生徒会室は内鍵《うちかぎ》がかかるし」

　それは、今しがた彼女が閉めていたので知っている。

「……それで、相談って？」

「同人誌の発行部数のことなの。そろそろ印刷所に仮予約をしないといけなくて」

そう言いながら、御車響子は重箱を取り出す。

「百部くらいにしようかと思うのだけど、どうかしら？」

「ひゃっ、百部⁉」

「えっ……お、多かったかしら？」

パカッと蓋《ふた》を開けた弁当の中は、今日はおどろきの白飯オンリーだった。もう海苔《のり》を買うお金もなくなったのか？

「……ああ、これはあの、味の素でちゃんと味付けしてあるご飯だから、ね？」

弁当の中身に釘《くぎ》付けになっている俺に、言い訳するようにそう言う。

「……それとも、えーくんも召《め》し上がる？」

「い、いや……今日は遠慮《えんりよ》しておくよ」

こんな食生活の彼女から、たとえ米一粒《ひとつぶ》でも貴重な栄養源を取ってしまうのは申し訳ない。今日の夕飯は肉にしてあげようと思った。

「……そんなことより、百部って。少なすぎるだろ」

「えっ⁉　そ、そう……？」

そんなこと思ってもみなかったのか、御車響子はうろたえる。

「わたし、部数のこととか全然わからなくて……」

そう言ってうなだれる彼女を見て、ついにユキ姉から得た知識を披露《ひろう》するときが来たかと、心の中で腕《うで》まくりをした。

「……俺もわからなかったけど、あれから同人誌のこと色々と調べてみたんだ」

本当はカリスマ同人作家の「楠田モモコ先生」に訊《き》いたので、ソースには自信がある。

──黒帽《くろぼう》受けなら五百くらい刷ったらどうかなぁ～！　その子、上手いんでしょ？

「君のカップリングは人気だし、君の実力なら五百部くらい刷っていいと思うけど」

「ごっ、五百部⁉」

今度は御車響子が驚《おどろ》く番だった。

「ダメよ、そんなの……！　わたし、初参加よ？」

「でも、ネットに漫画とか上げてたんじゃないの？」

「それは……ピクシブには投稿《とうこう》していたけど」

「そこでのフォロワーって、どれくらい？」

──ピクシブには、お気に入りの作家を登録する「フォロー」ってシステムがあるの～。どれだけの人にフォローされているかはフォローされている本人にしか見えないけど、千超《こ》えたらまああ人気と思っていいよ～！　ちなみにユキは万だけどねぇ～。

「……四千ちょっと……」

聞き間違《まちが》いかと思った。

「四千……⁉　すごいじゃん！」

「で、でも、たぶんわたしの描《か》いているのが人気のカップリングだからで……。わざわざ本まで買ってくれるかはわからないわ」

「会場で売りきれなくても、書店通販《つうはん》で売れるかもしれないだろ？」

「書店委託《いたく》は……しないの」

「えっ⁉　なんで」

「そんなに売れる自信がないし……」

先日は池袋《いけぶくろ》であんなに色々と俺に教えてくれたのに、自分のことになると彼女は全然ダメだ。というか、漫画を描くこと以外にはあまり興味がないのかもしれない。

でも、少なくとも四千人の人間が、御車響子の描く漫画を「無償《むしょう》ならまた読みたい」とチェックしているわけだ。その中の何割かは、会場にいたら本も買ってくれるだろう。

「……わかった。もうちょっと調べてみるよ。君のピクシブＩＤ教えてくれる？」

「ええ……」

「最近の傾向《けいこう》として、ピクシブで人気のアマチュアを出版社の人間が見つけてスカウトすることも多いらしいんだ。特にＢＬは同人からの引《ひ》き抜《ぬ》きが多いみたいだし、ピクシブは充実《じゅうじつ》させておいた方がいいよ」

これも全部、ユキ姉の受け売りだ。

「そうね……。ごめんなさい、わたし、この一年、自由に漫画が描けるようになったのが嬉《うれ》しくて、そういうことあまり考えていなかったわ……」

俺の勢いに気圧されたのか、彼女はしどろもどろに答える。

「今はまだ練習期間だと思っているし……。イベントに出ようと思ったのも、〆切《しめきり》を設定することで、少しでもいっぱい漫画を描く環境《かんきょう》に身を置こうと思ってのことで……」

「……君がもし面倒《めんどう》だったら、そういう事務的なことは俺が引き受けてもいいけど」

図々《ずうずう》しいかなと思った。この前まで腐女子《ふじょし》はちょっと……なんて思っていたくせに。でも、彼女の夢を応援《おうえん》したい。とにかく何か力になりたい。

そう思って控《ひか》えめに口にした俺の提案に、彼女は顔を輝かせた。

「本当!? とても有難いわ、えーくん……！」

手を合わせて、目を潤ませんばかりに感激する。

「わたし、事務作業がとても苦手なの。ピクシブのアイコンもまだデフォルトだし」

そんなやる気のなさで四千もフォロワーがついたのかと思うと、オタクというのは意外と中身をちゃんと見ているのだなと感心する。

「イベントまであと二週間もないしもうそろそろ新刊の中身サンプルもアップした方がいい時期らしいよ。それも、よかったら俺がやるから」

「まあ、ありがとう！　それなら、アイコン用に先に表紙のカラーを上げて、サンプル用に若いページを優先的に仕上げないといけないわね」

「うん、頑張《がんば》って。消しゴムかけとかだったら、俺も手伝うから」

「ありがとう、本当に感謝しているわ、えーくん……！」

そうして、その日から御車響子の同人修羅場《しゅらば》が始まった。

「あれ～？　生徒会長氏がいないナリ」

翌日、夕飯で門限の時間である七時になっても、御車響子の姿は食堂に見えなかった。

「部屋にいると思うんだけど……呼んでくるよ」

オタク荘《そう》にいる高嶺《たかね》の花《はな》たちは、基本的に他人に無関心で社交性がない。朝晩の食事のたびに女子が五人も集まるのに、世間話や雑談などはほとんどなく、俺が点けたテレビ番組を見ながら黙々《もくもく》と飯を食べるだけだった。菊川はその中ではコミュニケーションを取る方で、御車響子の不在に言及《げんきゅう》したのだった。

（昼寝《ひるね》でもしてるんだろうか……）

そう思いながら、全員分の食事を用意し終えて二階へ向かった。

コンコンとノックをしながら呼びかけても、返事がない。いよいよ寝《ね》ているのかと思い、

「……御車さん」

そっとノブに手をかけると……今日も、開いた。

色々な意味で危ないから、部屋に入ったら必ず鍵をかけた方がいいと言っているのに、御車響子はけっこう抜けていて、俺が知る限りこのドアが施錠《せじょう》されていたことはない。今日も注意してやらねば……と思いながらドアを開けた向こうを見て、それどころではない光景に息を呑《の》んだ。

御車響子はちゃんと起きていた。部屋の中央にある机に向かい、目の前の漫画《まんが》原稿《げんこう》に一心不乱にペンを走らせている。その鬼気《きき》迫《せま》る様子を見た瞬間《しゅんかん》、それ以上ドアを開けて物音を立てることとすらはばかられた。

彼女は部屋着にしているレースとフリルのたっぷりついたドレスの袖《そで》をめくって、なりふりかまわぬ様子だった。その手のあちこちに黒いインクがついていて、ドレスにもところどころ黒い染《し》みができているのが見てとれる。

「…………」

呼吸の音にすら気をつけ、俺は元通りドアを閉めた。

「……御車さんは体調が悪いらしくて、あとで食べるって」

下に下りると、誰《だれ》に言うでもなく呟《つぶや》いて、彼女の膳《ぜん》にラップをかけた。

「ふうん、心配ナリね……」

菊川だけが、俺のその呟きに応答してくれる。

「んじゃ、夕飯食べたらみんなで見舞《みま》いにでも行ってみる？」

真澄先輩《せんぱい》が軽い調子で言って、俺はぎょっとした。

「えっ⁉　ダッ、ダメだ！　それはやめた方がいい！」

彼女たちに御車響子のあの部屋を見られたらヤバい。そう思うあまり慌《あわ》てた口調になってしまって、食卓《しょくたく》にいた四人全員が、一瞬《いっしゅん》食事の手を止めて俺を見た。

「なんでよ？　面会謝絶ってほどじゃないでしょー？」

真澄先輩が不審《ふしん》げな表情になる。

「い、いや……、御車さん、他人に気を遣《つか》う人みたいだから……そういうのはかえって具合を悪くさせちゃうかと思って……」

苦しすぎる言い訳なのはわかっていたけれども、他に言うことも思いつかない。

「……そうですよ、やめときましょう、先輩」

そう言ったのは、花垣だった。無関心そうな顔で、箸《はし》でご飯を口に運びながら続ける。

「真澄先輩みたいに無神経な人ばっかりじゃないんですから。ウチも親しくない人に突然《とつぜん》部屋なんか来られたら迷惑《めいわく》なだけだし」

「なんだとぉー!? あたしの繊細《せんさい》さがわからないなんて、作家にあるまじき感性だね！」

「心身ともに健康で二回も留年するって、かなり図太い神経だと思いますよ」

「まあまあ、二人ともやめるナリよ」

菊川が仲裁に入るが、先輩も花垣も別に本気ではなかったようで、食卓は元通りの雰囲《ふんい》気《き》に戻《もど》った。ちなみに八剣は、この一部始終の間、ずっと口角を上げたブリッコ笑顔のまま我関せずと食事を続けていた。

（助かった……）

彼女にそのつもりがあったとは思わないが、花垣のおかげで御車響子のオタバレは回避《かいひ》された。

そうしてみんなが食事を終えて食堂から出て行っても、御車響子は下に下りて来なかった。仕方がないので、残った彼女の分の皿をすべてお盆《ぼん》に載《の》せ、二階へ持っていく。

よかったら食べてください。

それだけ書いたメモを上に載せ、廊下《ろうか》にお盆を置いて帰ってきた。

さっき見た、一心不乱に原稿《げんこう》に取り組む御車響子の姿が、瞼《まぶた》の裏に焼きついて離《はな》れない。

たぶん、昨日俺に言った表紙とサンプル用の原稿を仕上げているのだろう。

(頑張れ、御車響子……。君ならきっと、君の目指すものになれる)

出来上がるまで、邪魔《じゃま》するのはやめておこうと思った。

□

翌朝、御車響子は珍《めずら》しく本鈴《ほんれい》ギリギリに教室へ駆《か》けこんできた。

「見ましたこと? あの御車さまが、廊下をお走りになったわ」

「見たわ。たった三歩だけど、確かに駆け足になられていたわ」

「でも、それも意外性があって素敵だわ……」

辺りの女子がざわつく中、彼女は優雅《ゆうが》に微笑《ほほえ》んで俺を見る。

「おはよう、霧島くん」

「あ、ああ……おはよう」

毎度のことだが、学校で御車響子と話すと緊張《きんちょう》する。

「……昨日はありがとう、ご飯」

周りの目を気にする俺に、彼女は声のボリュームを落として言った。

「いや。……それより、進んでる？」

「数日中に終わりそうだわ。一日でも早くサンプルを上げた方が、多くの人の目に留まるものね。頑張らなくちゃ」

そう言いながら、彼女は鞄《かばん》をポンポンと叩《たた》く。今日も原稿を持ってきているのだろう。本当に頑張り屋だ。

そう思っていたこのときは、まさかあんなことが起こるとは思っていなかった。


それは、教室での世界史の授業中だった。

漫然《まんぜん》と教科書を眺《なが》めていた俺は、不意に聞こえたガサッ、という音で顔を上げた。音がした左前方の床《ゆか》を見て一瞬目を疑う。

そこには、見覚えのある大判の茶封筒《ちゃぶうとう》が落ちていた。落下の勢いでかぶせてあるだけの蓋《ふた》が開き、中の白い紙が何枚も、投げられた玉すだれのように遠くの床まで伸《の》びている。

（まさか……）

まさかだ。そんなわけない。

自分にそう言い聞かせながら御車響子の顔を見て、俺の心配が杞憂《きゆう》でないことを悟《さと》った。

「…………」

御車響子は青ざめた顔で絶句して、手の届かぬところにある封筒《ふうとう》を茫然《ぼうぜん》と眺めていた。

(……!)

間違《まちが》いない。床に落ちているのは原稿の封筒で、のぞいている白い紙は原稿の裏面だ。

「あら？　今何か落ちましたわね」

「え？　これかしら？」

前から一、二番目の席にいる女子たちが、ひそひそ言いながら床に手を伸ばした。俺と御車響子は前から四番目、後ろから二番目の席にいる。それくらい前に飛んでしまったということで、逆に言えば、御車響子がそれを落としたとは即断《そくだん》できない。

「あら、これ……」

見るな！　と言いたかったが、どうしていいかわからなかった。それは御車響子も同じだろう。俺たちが固唾《かたず》を呑んで見守る中、数人の女子が原稿を拾って表に返した。

「あら……！」

紙面を見た彼女たちは、異星人に出会ったかのように目を丸くしている。

「漫画《まんが》かしら。お上手ね」

「これ、どなたの？」

彼女たちの視線が、俺と御車響子の間をさまよって、そんなわけないと手元に戻る。

「まあ……！　よく見たらこの漫画、男の方同士が接吻《せっぷん》なさっているわ。はれんち！」

「もしかしたら、今流行《はや》りの『ぼーいずらぶ』ではなくて？」

（や、やべえ……！）

気の毒で、御車響子の方を見ることもできない。きっと顔面蒼白《そうはく》の思考停止状態だろう。

「どうかしましたか？」

そこで、世界史の女性教師が騒《さわ》ぎを聞きつけて授業を中断した。

「先生、床に漫画が……」

女子の一人が、自分の持っていた原稿を渡《わた》す。周りの女子たちも先生に原稿を渡した。

「漫画？　あら、上手……誰が描《か》いたの？」

先生の言葉を聞いて、生徒たちはざわめく。

「そうよね……これを落とした方は、これを描かれたのよね」

「この漫画の作者がこの教室にいるってこと……？　どなたが落としたのかしら？」

「こちらから滑《すべ》ってきたような気がするわ」

一人の女子が指でたどった先に、御車響子がいる。それを見て、その女子は慌てて人差し指を引っ込めた。

「そ、そんなわけありませんわね……」

「そうよ。よりによって御車さまだなんて、天地が引っくり返ってもありえませんわ」

隣《となり》の御車響子の肩《かた》がビクッと動き、心配になって顔を見た。彼女の表情は硬《かた》く、両手は膝《ひざ》の上で固まってしまっている。

「……えっ……まさか……」

それを見て、女子たちが不安げに顔を見合わせたときだった。

「先生！」

ほとんど反射的に、大声で叫《さけ》んで立ちあがっていた。

「……ど、どうしたの、あなた」

原稿を手にした先生は、俺の勢いにビビっている。

「先生、それ……」

どうしよう。もう後には引けない。

「それ、俺のです！」

教室がシーンと、水を打ったように静かになった。

「……お、俺が描いた漫画なんです、それ……返してください……」

途中《とちゅう》から声が小刻みに震《ふる》え出す。俺はとんでもないことを言ってしまった。

でも、御車響子が犯人だとバレるわけにはいかない。

「……あ、あなたが……？」

どんなシーンを見てしまったのか、先生は原稿と俺を見比べて頬《ほお》を引きつらせる。

「はい」

俺は深く頷《うなず》く。

「机の中にしまっておいたんですが、落としてしまって……。自分の作品とはいえ、学校に漫画を持ってきて申し訳ありませんでした。帰るまで御車さんに預かってもらいます」

「え……」

突然名前を出され、御車響子は面食らった顔で俺を見る。

「それでいいですか？　先生」

「……え、そ、そうね……」

俺のことを不気味そうに見た先生は、もうその漫画にかかわることをやめたかったようで、そそくさと教壇《きょうだん》から降りてきて紙の束を御車響子に渡した。

「一応違反《いはん》物だから、生徒会長のあなたにお願いするわね」

「……はい……」

額にわずかな汗《あせ》をにじませて原稿を受け取った御車響子は、数秒後にようやく我に返った様子で俺を見た。

「これは……終業まで生徒会室で管理しておきますね」

「すいません、お願いします。放課後、生徒会室へ行きます」

深めに頭を下げ、席に着く。教室の全方位から、好奇《こうき》の視線が注がれているのを感じた。

「ねえ、まさかとは思うけど、霧島さんって……」

「そうね……。うちは男子が少ないから、男の方は入学してすぐにどなたかとお付き合いを始めるのに、そういえば霧島さんだけは一年の頃《ころ》から浮《う》いた話一つ聞かないわ」

「そういう勘《かん》ぐりはよくないわ。霧島さんがどんな性的指向をお持ちでも、わたくしたちはクラスメイトとして温かく見守って差し上げましょう」

どうやら俺は、級友の中ですっかり「そっちの人」認定されたようだ。男でＢＬ漫画を描いていたら当たり前の誤解か。

（……いいんだ。どうせ友達なんかいないいんだし）

本当は全然良くないけれども、それよりも、御車響子が腐女子《ふじょし》だとバレていたら。そう考えてゾッとする。

「……それにしても、ほら。やっぱり御車さまじゃなかったじゃない」

「そうよ、わたくしは最初から信じていたわ」

「きっと、びーえるなどという破廉恥《はれんち》な漫画などご存じなくて、茫然とされていたのね」

辺りの女子たちは安堵《あんど》した顔で、口々に小声で言い合っている。

「はい、それでは授業に戻《もど》りますよ」

先生の一声で、お嬢様《じょうさま》たちは一斉《いっせい》に口をつぐんだ。そうしてクラス中が黒板を向き、先生が授業を再開してしばらく経った頃。

「……ふぅ……」

わずかに、羽をそよりと揺《ゆ》らすくらいの空気が動き、隣の席の御車響子は、ようやく呼吸ができたかのように緊張の解けた様子でため息をついたのだった。


「本ッッッ当にごめんなさい！」

放課後、生徒会室を訪れた俺に対する彼女の第一声はそれだった。

「わたしのせいで、えーくんの学校生活がめちゃくちゃだわ……なんとお詫《わ》びしていいか」

部屋に入ってきた俺を、彼女はドアのところまで走ってきて最敬礼で出迎《でむか》える。

「いや、いいよ。別に今までと何も変わらないし」

本当にそうだろうか？　学校中のあちこちで奇異《きい》な目で見られたりしたら、ちょっとどころでなく居心地《いごこち》が悪そうだけれども。あまり実感が湧《わ》かない。

それよりも、もし俺が女子に興味がないと周知されれば、今までと違《ちが》って堂々とお嬢様たちに鼻の下を伸ばせるのではあるまいか。呑気《のんき》にそんなことを考えている俺は、ちょっと変なのかもしれない。

「……俺のことはいいよ。バレなくてよかったね」

俺が言うと、今まで顔が見えないほど深く頭を下げていた御車響子は、カクッと顎《あご》を上げる。上目づかいで俺を見た彼女の顔は、ぽわっと赤面していた。

「えーくん……」

その瞳《ひとみ》にみるみるうちに光が満ち、彼女は目に涙《なみだ》を溜《た》める。

「ダメだわ、わたし、本当にマヌケで……。昼休みにここで作業をしようと思って、その前に授業中でも消しゴムかけくらいならできるかしらと思って、机の中の原稿《げんこう》を取り出そうとしたらぶちまけてしまったの……。自分が信じられないわ……」

俺はといえば、彼女の様子にすっかり気が動転して。

「えっ!?　いや、俺はマジで大丈夫《だいじょうぶ》だから！　むしろキャラが立ってほも……本望《ほんもう》だし！」

彼女に触《ふ》れることもできず、おろおろと周りで手をバタつかせる。

「えーくん……」

彼女はそんな俺を、赤く潤《うる》んだ目で見つめる。

「…………」

なんだかキスすらできてしまいそうな雰囲気《ふんいき》の気がして、ごくりと唾《つば》を呑《の》んだとき。

俺の背後のドアがいきなり開いた。

「……失礼しまーす」

だるそうな少女の声がする。

「……!?」

俺も御車響子も、ビクッと身体《からだ》を震わせ、同時にそちらを見た。そういえばまだ内鍵《うちかぎ》をかけていなかった。

「君は……」

現れた女子を見て、俺はさらに驚《おどろ》いた。そこにいたのは……。

「花垣さん」

御車響子は彼女、花垣汐実にぎこちない微笑《びしょう》を向けた。目元が若干赤いが、その顔はまあまあ普通《ふつう》に見える。

「………」

花垣は一瞬《いっしゅん》無言で俺たちの様子を探るように見つめた。が、特に表情には出さず、持っていた紙の束を御車響子に差し出す。

「……これ、うちのクラスの分集めてきました。提出遅《おく》れてすいません」

「ありがとう。確かに受け取ったわ」

「……じゃあ」

最後にちらっと俺を見て、花垣はすぐに去っていった。

「……何それ？」

ドアが閉まったのを確認してから、御車響子の持っている紙の束をのぞきこんだ。それは新学期のクラスアンケートで、うちのクラスでは先週回収されたものだ。

「彼女、クラス委員みたい。この前のクラス委員会でもお見かけしたわ」

「へえ……」

自薦《じせん》か他薦《たせん》かは知らないが、あんなギャル丸出しの見た目でクラス委員になれるのか。

「変に思われなかったかしら。わたし……」

「大丈夫だろ。何も言われなかったたし」

それより花垣といえば、俺には気に病《や》んでいることがある。先日、彼女を泣かしてしまったかもしれないことだ。

「……あのさ、話変わるけど、この前のイベントで俺が買った小説の同人誌……あれどうだった？」

本当は、そんなに変わっていないのだけれども、バレないように注意深く言葉を選んだ。

「え……？……ああ、あれね。実はまだ読んでいないの」

「えっ？」

「漫画本《まんがぼん》と違って、小説の同人誌は数分で気軽に読めるものではないでしょう？　特にあの方の小説には世界観があるし、原稿が終わって充分《じゅうぶん》時間のあるときに、気持ちを作って一気に読みたいと思って、えーくんに先にお貸ししたの」

目を丸くする俺に、彼女はそう説明する。

「それがどうかしたのかしら？」

「えっ!?　ああいや……」

もし彼女から感想が聞けたら、読む前の心構えができるかなと思ったのだけれども、そうはいかなかったようだ。

「なんでもない。……とにかく、俺のことは気にしなくていいから」

改めて言ってやると、御車響子は親愛のこもったまなざしで俺を見つめる。

「本当に、えーくんには心から感謝しているわ……ありがとう」

その視線に感謝以外の感情が含《ふく》まれていたらいいのにと願ってしまうくらいには、俺は彼女にハマり始めていた。

□

そうして、御車響子の原稿修羅場《げんこうしゅらば》は順調に再開される。

彼女のこだわりが強すぎて予定より遅《おそ》くなったが、イベント一週間前の日曜の夜に、ピクシブに上げる用のサンプルページと、アイコンにする用のカラー表紙が出来上がった。

「……ってことで、アイコンにするのは、黒帽《くろぼう》の顔の部分でいいんだよな？　ちょっとサンプル送ったから見てみてくれる？」

自分の部屋のパソコンの前で、俺は御車響子と電話しながらアップ作業をしていた。最初はラインのトークでやりとりしていたのだが、まどろっこしくなって通話に切り替《か》えた。ちなみに、彼女の部屋のパソコンは、原稿がデジタル作業の段階になったため彼女が現在進行形で使用している。

「えっ？　ああ、もうちょっと余白多くできるよ。あとサンプルなんだけど、最後の方ちよっとネタバレになりそうなセリフない？　モザイクとか塗《ぬ》りつぶしとかで消せるけど……えっ？　ああ、八ページ目の四コマ目の……え？　ああ、もうそっち行くよ」

ユキ姉から聞いたメモを参考に見ながら喋《しゃべ》っていたが、ついに電話も面倒《めんどう》になって立ち上がった。結局その場にいてやりとりできるのが一番便利に決まっているのだ。

自分のノートパソコンを持って、二階に上がって行ったときだった。

「……あ」

自室から出てきたと思われる花垣とばったり出くわしてしまった。

(よりによって……)

俺は未だに彼女の同人誌を読んでいない。この前のこともあるし、無視されるかと思いきや、彼女は立ち止まった。花柄《はながら》のフリルつきタンクトップにお揃《そろ》いのショートパンツという部屋着のポケットに手を突《つ》っ込《こ》み、俺をじっと見ている。

「……ど、どうかした？」

沈黙《ちんもく》に堪《た》えかねて訊《き》くと、彼女も口を開いた。

「何やってるんですか、先輩《せんぱい》」

「え、えっ……!?」

言われてみれば、俺は両手でパソコンを持って、明らかにどこかへ運んでいる途中《とちゅう》だ。

「いや、あの、これは……」

二階には寮生《りょうせい》の部屋しかない。御車響子の部屋に行くことを明かすならもっともらしい理由を言うべきだが、一度言い淀《よど》んでしまった手前、怪《あや》しまれそうで言えなかった。

「……彼女でもいるんですか？　この寮に」

「えっ⁉」

大げさに驚いてしまい、しまったと思う。

（彼女ではないけど……）

御車響子には一方的に憧《あこが》れているので、つい動揺《どうよう》してしまう。

「……別にいいですよ。ウチ、三次元の色恋沙汰《いろこいざた》とか興味ないんで、言いふらしたりしませんし。どうぞ行ってください」

「いや……」

この流れで御車響子の部屋に行くのはまずくないか？　そう思って立ち往生《おうじょう》していると、花垣は短く嘆息《たんそく》して俺から目を逸《そ》らした。

「……まあ、大体誰《だれ》のとこに行くのかはわかりますけど」

「えっ……!!?」

「真澄先輩でしょう」

「なんでだよ！」

一番誤解されて嬉《うれ》しくない人の名前を言われて、激しくツッコんでしまった。そんな俺を見て、花垣は興味深そうな表情をする。

「真澄先輩はナシ、と。じゃあ……」

「わーっ、待った！」

この調子で名前を挙げられていったら、うまくごまかせる気がしない。

「言う、言うよ。でも、彼女とかじゃなくて……」

でも、下心なら、ちょっと……どころではなく、ある。身の程知らずも甚《はなは》だしいけど。

「…………」

レポートを書くのに御車さんのパソコンが壊《こわ》れたっていうから、俺のパソコンを貸してあげることになってたんだ。同じクラスだし。

最初から、その手の嘘《うそ》を準備して部屋を出ればよかった。俺は不用意だった。

「片想いですか？　ダッサ！」

そんな俺を見て、花垣は吐《は》き捨てるように言った。

「霧島先輩のこと、ちょっといいかもって思ってたけど、まぢゲンメツです」

「……えっ⁉」

何を言われたかわからず、呑《の》み込むのに時間がかかって反応が遅れた。

「あ、勘違《かんちが》いしないでくださいね。彼氏候補の一人としてってことです」

ポケットから手を出して、花垣はふてぶてしい様子で腕組《うでぐ》みする。

「ウチ、清聖のギャル友の中で一人だけ彼氏いないんで。一応中三のときから付き合ってる彼氏がいるってウソついてるんですけど、早くほんとの彼氏作んないと、ウソがバレるんで。ヤバイんで」

「はあ……」

「先輩なら、オタクで腐男子だけど見た目はフツーだからいいかなって思ってたんですけど、ウチの同人も読んでくれないし」

やっぱり、その話になってしまった。

——本当にごめん……今日帰ったら必ず読むから。

この前、あんなことを言ったのに。

「……読んでくれたんですか、それで」

「…………」

この状況《じょうきょう》で、まだ読んでいないとは非常に言いづらい。

「あ、あの……。君の小説は、世界観があって……時間のあるときに、気持ちを作ってゆっくり読みたいと思って……、今は時間が取れなくて」

御車響子の受け売りを思い出しながら言ったが、花垣は顔に侮蔑《ぶべつ》の色すら浮《う》かべる。

「……それって、女子の部屋に行く暇《ひま》はあっても、ウチの小説読む時間は取れないってことですよね」

俺は取ってつけたように浮かべていた笑顔を凍《こお》りつかせた。

「……もういいです。あの本、返してください」

「えっ⁉」

「別に買ってもらってないし。いらないならウチが回収しますから」

「そっ、それはダメだ！」

あの本は御車響子のものなのだ。彼女はあれを読むのを楽しみにしているし、勝手に返すわけにはいかない。花垣の本は書店委託《いたく》などしていないだろうから本人から買うしかないし、機嫌《きげん》を損《そこ》ねて取り上げられたら最後、俺がそれを手に入れる手段はない。

「お金なら払《はら》うから、それだけは……！」

そう思って、つい必死になってしまった。そんな俺の顔を、最初はうさんくさそうに見ていた花垣だったが……。

「……わかりました」

両手を腰《こし》から下ろし、つり上げていた目尻《めじり》を下げる。

「じゃあ、あと一回だけですよ。すぐ読んでください。次訊いたとき読んでなかったら、激おこスティックファイナリアリティぷんぷんドリームですから」

「ス、スティック？　ドリーム……？」

よくわからないが、文脈的に彼女の中で最上級の怒《いか》りを表す言葉のようだ。

「わ、わかった……。必ず一両日中に読むよ」

「約束ですよ？」

「ああ」

今度こそは、何を差し置いても読もうと決意する。

「じゃあ、そういうことなんで。あ、先輩もう行っていいですよ。ウチも暇人《ひまじん》じゃないんで、もう行くんで」

そう言うと、花垣は再びポケットに手を突っ込んで一階に下りて行った。たぶん玄関《げんかん》ロビーのウォーターサーバーか、自分の飲み物でも取りに大台所の冷蔵庫に行くのだろう。夕飯後に寮生が廊下《ろうか》へ出ることはあまりないから油断していた。

「ふう……」

彼女の足音がすっかり一階へ消えてから、御車響子の部屋に向かった。

修羅場《しゅらば》も深まり、御車響子の格好は、だいぶひどいことになっていた。普段着《ふだんぎ》のお嬢様《じょうさま》ワンピースには、跳《は》ねたインクの他に消しゴムのカスも無数にくっついていて、ずっと座っているせいでスカートの辺りなんかしわくちゃだ。その顔には疲《つか》れが見え、特に目の下にはうっすら青黒いクマができているように見える。昨日の土曜日も一日中部屋で原稿《げんこう》をしていたようだし、蓄積《ちくせき》した疲労《ひろう》もあるだろう。

「……あ、えーくん」

部屋の奥のパソコン机に座っていた彼女は、俺を見ると立ち上がった。出迎《でむか》えてくれるつもりか、こちらへやってくる。しかし、その足取りはよろよろとしておぼつかない。

「いらっしゃ……きゃっ！」

「!?」

彼女が前のめりにふらつき、とっさにパソコンを片手に持ちかえて、空いた手で彼女の身体《からだ》を支えた。

「……大丈夫《だいじょうぶ》？」

お風呂《ふろ》はちゃんと入っているみたいで、髪《かみ》の毛《け》からはシャンプーのいい香《かお》りがする。腕《うで》と半身に感じる彼女のやわらかいぬくもりを意識して胸が高鳴り、急いで身体を離《はな》した。

「具合悪いの？」

「ううん……。十時間くらいずっと座っていたから足がもつれて」

「え？　いくらなんでもそれは……。冷蔵庫に行ったりとかするだろ？」

「わたし、昨日からほとんど何も口にしていないの」

「ええっ⁉」

確かに昨日の夕飯に彼女の姿はなかったけれども、部屋で何かつまむくらいしているのだと思った。

「……お茶とおにぎりくらいなら、今持ってくるよ」

「待って！」

踵《きびす》を返そうとした俺を、御車響子が声で引き止める。

「わたしのことはあとでいいわ。先にサンプルを上げてくださる？」

「えっ？　でも……」

「少しでも早く反応が知りたいの。日曜は明日《あす》に備えて早く寝《ね》てしまう人も多いし」

今は午後の十時近くで、確かにそろそろネット民のゴールデンタイムだ。

「……わかったよ」

そうして約一時間後。

「あっ、見てみなよ、御車さん」

部屋の真ん中の丸テーブルに置いたノートパソコンで、俺は今しがたアップした御車響子のサンプルをチェックしていた。クリックするごとに閲覧《えつらん》数は順調に伸《の》びている。

自分のパソコン机に座って、おにぎりを食べながら原稿をチェックしていた御車響子は、口をもぐもぐさせながらこちらへやってきた。その顔は緊張《きんちょう》して見える。

「ほら、アップして数分なのにもう三十五もブクマ登録されてる。点数も満点ばっかりつけてもらっているし、君のフォロワーも増えたよ」

「ほんとだわ……」

俺の肩《かた》に顔が触《ふ》れそうなくらい画面に近づいて、御車響子は驚《おどろ》きに瞳《ひとみ》を細かく揺《ゆ》らしている。そして、はっと気づいたように俺から離れ、手にしたおにぎりに視線を落とした。

「……本当に、えーくんのお陰《かげ》だわ……。えーくんのお陰で、わたし……」

そこで感極《かんきわ》まったように言葉に詰《つ》まり、彼女は顔を上げて俺を見る。

「……わたし、頑張《がんば》るわ！」

今まで以上に決意に熱く燃える瞳で、そう宣言した。

「……うん。頑張れ」

飲まず食わずで、ろくに睡眠《すいみん》も取らず。生命体としての欲求《よっきゅう》に逆らいながら、どうして人はこんなにも何かに熱中することができるんだろう。

かつては俺もそうだったんだ。楽しみにしていた新作ゲームの発売日、学校から帰ると一睡《いっすい》もしないで夜通しプレイして、次の日はフラフラだった。

「俺にできることがあったら協力するから、あと一息、頑張れ」

くだらないことだったけど、あの熱を失った今ならわかる。ああいう時間があったから、中学時代の毎日は楽しかったんだ。

あの頃《ころ》の情熱を、俺は今、再び取り戻《もど》そうとしている。御車響子によって。

「ありがとう、えーくん……！」

瞳を煌《きら》めかせて俺を見つめる御車響子は、疲れた顔とは裏腹に、全身からエネルギーを放っているかのように生気に満ちて見える。そんな彼女を頼《たの》もしく思いながら、心の底から憧《あこが》れていた。

5

そうしてイベントの四日前の水曜日、御車響子《みくるまきょうこ》は予定通り二冊の新刊を脱稿《だっこう》した。

はずだったのだが。

「あれ……?」

金曜日の夜、夕飯の時間になっても御車響子は食堂に現れなかった。

「御車さん?」

部屋まで呼びに行くと、彼女は部屋にいた。

「何をやってるんだ?」

彼女は丸テーブルに向かって、何やら作業をしている。その様子は先日までの原稿修羅《げんこうしゅら》場《ば》のときとまったく変わらない。

「原稿は終わったはずじゃ……」

一心不乱に鉛筆《えんぴつ》を走らせていた彼女は、そこでようやく顔を上げた。

「あっ、えーくん」

俺を見て、彼女は少し笑顔になる。

「わたし、コピー本も作ることにしたの」

「えっ⁉　コピー本⁉」

コピー本というのは、印刷所に印刷を依頼《いらい》せず、自分で家庭用プリンターや業務用コピー機で印刷した本文をホッチキスで製本する、簡単な装丁の同人誌だ。ユキ姉が「コピー本だったら三百部くらいが限界だけど～」と詳《くわ》しく話してくれたので知っている。

「……それって、今から作って間に合うものなのか？」

「ええ。もう明日しかないからそんなにちゃんとしたものはできないけれど、ちょうど描《か》きたかったけど入らなかったネタがあったから、鉛筆描《えんぴつが》きででも出せればと思って」

そう言って、彼女は再び紙に鉛筆を走らせ始める。

「……わたしの漫画《まんが》を読みたいと思ってスペースに来てくださる方に、少しでも多くご提供できるものを用意したいもの」

自分の手元を見つめながら、真剣《しんけん》そのものの顔で語る。彼女の意志は固い。

「じゃあ、そのコピー本のサンプルはどうする？　今夜辺りお品書きを上げようと思っていたんだけど」

「……えっ？」

御車響子は顔を上げて目を丸くした。お品書きというのは、イベント当日、自分のスペースでどんな本をいくらで販売《はんばい》するかというチラシのようなもので、親切なサークルはほとんどがやっているらしい。これもユキ姉のアドバイスだ。

「ああ、そうね……考えていなかったわ。じゃあお品書きのサムネ用に、表紙のイラストをあとでパソコンにお送りするわね。値段は百円にするわ」

「本文のサンプルは？」

「ええと……いるかしら？」

「ないよりは、あった方がいいんじゃないかな」

これもユキ姉から教えてもらったことだ。

――人気のサークルほど列ができて会場で吟味《ぎんみ》できないから、どんな突発《とっぱつ》本でもサンプルがあると親切だよ～。この作者のギャグが好き！　って思ってる人がシリアス本買っちゃって、家帰って「詐欺《さぎ》だ！」って思われたら悲しいじゃん？

言われなかったら絶対想像できない心理なので、ユキ姉がいて本当によかった。

だが、御車響子は戸惑《とまど》っている。

「でも、コピー本はおまけのようなものだし……。せっかくサンプルを見て、欲しいと思ってくださった方がいても、その全員に行き渡《わた》る部数が作れるかもわからないし……」

「だとしても、一つでも新しく絵を上げれば、その分だけ人の目に留まる機会が増えるんだよ。それで君のサークルをチェックして、他の本も買ってくれるかもしれない」

「でも、そこまでして宣伝しなくても……」

消極的な彼女に、せっかくのユキ姉からのアドバイスなのにともどかしい気持ちになる。

「御車さんは、お嬢様《じょうさま》だから商売っ気が足りないんだよ。新刊二冊も、結局四百部ずつしか発注しなかったし。工夫すればもっと……」

「だって、商売ではないもの」

彼女にしては強い声で、御車響子は俺の言葉を遮《さえぎ》った。

「あまり色気を出すのはどうかと思うわ。わたし、お金儲《かねもう》けがしたいわけではないし……」

「俺だってそうだよ。君が同人誌でいくら儲けても、俺には一銭の得にもならないんだし」

だけど、君には才能がある。

上手くやればもっともっと、君の本は多くの人に欲しがってもらえる。そうしたら君の漫画は話題になって、売れっ子プロ漫画家への道が近づくかもしれない。

そんな可能性に向かってできる最大限の努力を、どうして一つでも惜《お》しむんだ？

「…………」

そういう諸々《もろもろ》の言葉を呑《の》み込んだ俺の顔を、御車響子は訝《いぶか》るようにじっと見ていた。

「……えーくんは、どうしてそんなに親身になってくださるの？　確かにその通りだわ。わたし、えーくんに差し上げられるものなんか自分の同人誌くらいしかないし」

その言葉で、はっとした。

──君が同人誌でいくら儲けても、俺には一銭の得にもならないんだし。

自分でも今気づいたけれども、まったくもってそうなのだ。なのに、どうして……？

「……えーくん？」

御車響子に怪訝《けげん》そうに尋《たず》ねられ、俺は顔を上げた。

「……なんでもない。ごめん」

ほんの一瞬《いっしゅん》のことだったけれども、俺は漫画家になりたかった。紙とペンだけで人の心を打つことができる人々に憧れていた。

漫画家だけじゃない。小説家でも歌手でもスポーツ選手でも、有名になれる職業にはなんでも憧れた。自分の努力と才能で名を揚《あ》げることのできる人物になりたかった。

明らかに才能がないと思ったものから一つずつ諦《あきら》めていって、今の俺には何もない。

それならせめて消防士とか警察官とか、幼い頃《ころ》純粋《じゅんすい》に「カッコイイ」と思えた職業を目指したかったけれども、どうやら俺にはそういう雄々《おお》しさはなさそうだ。他人とのチームワークにも自信がない。中学の卒アルの将来の夢には「パソコン関係の仕事」と書いたけど、パソコンだってそれほど得意というわけじゃない。

「……コピー本のサンプルはいいよ。御車さんの同人活動なんだから、御車さんの思うようにやるのが一番だよな」

もしかしたら俺は、自分のエゴで彼女に成功して欲しいと思っているのかもしれない。

俺が叶《かな》えられない夢を、代わりに実現させて欲しいだけなのかもしれない。

それに気づいてしまったら、もう彼女にそれ以上のことを言うことができなかった。

「えーくん……」

俺を見て呟《つぶや》いた御車響子は、心なしか申し訳なさそうな顔をしていた。

次の日の土曜も、御車響子のコピー原稿修羅場は続いていた。午前中だけの授業を終えて帰ってくると、彼女は食堂で俺の作った握《にぎ》り飯《めし》を一つ取って部屋に引きこもった。土曜の昼食は寮母《りょうぼ》の仕事ではないのだけれど、食事に無頓着《むとんちゃく》そうなオタク荘《そう》の住人のために善意で十個ほど握って置いておいたところ、二週連続で綺麗《きれい》になくなっている。

次に俺が御車響子と顔を合わせたのは、その日の夕飯の席でのことだった。

「……霧島《きりしま》くん」

食事の終わった御車響子は、自分の食べたあとの器を重ねて台所へ持ってきた。流し台の横で折《お》り畳《たた》み椅子《いす》に座って食事中だった俺は、彼女に気づいて箸《はし》と茶碗《ちゃわん》を置く。

「……ああ、ありがとう、御車さん」

本当なら寮母は食費の精算の関係上、寮生と食事を分けないといけないことになっているのだが、同居する家族もいない俺は、二度手間を惜しんで自分の食事も一緒《いっしょ》に作ってしまっている。それをわざわざ部屋に持ち帰るのも面倒《めんどう》で、いつもこうして彼女たちから姿の見えないところで食事をしていた。

「……昨日はごめんなさい。霧島くんは、わたしのためを思って言ってくれていたのに」

「いや……」

それを言われると、うしろめたい気持ちがぶり返してしまう。

「コピー本の最初の二ページ、さっきメールでお送りしておいたわ。前日になってしまったけど、よろしければサンプル上げてくださる？」

「……いいの？」

驚《おどろ》いて訊《き》くと、彼女は深く頷《うなず》く。

「ええ。たとえ百部しか作れなかったとしても、百人の方から百円ずつお金を頂くわけだもの……見本くらいお見せしないと。線もセリフも鉛筆描きで恥《は》ずかしいとか、そういうわたしの自意識は、来てくださる方には関係ないわ」

「そうか……わかった。やっておくよ」

そう話していたとき、流しの方に新たな人影《ひとかげ》がやってきた。俺たちがとっさに会話をやめてそちらを見ると、それは自分の分の食器を片づけにきた花垣《はながき》だった。

「ああ、ありがとう」

流し台に食器を置く彼女に、俺はそう声をかける。御車響子は何事もなかったかのように台所を後にする。そんな彼女を横目でちらりと見て、花垣が俺に向かって口を開いた。

「あの……」

そのとき、雷電《らいでん》に打たれたように思い出した。

――次訊いたとき読んでなかったら、激おこスティックファイナリアリティぷんぷんドリームですから。

「あっ……！」

読んでない。ありえないことに、またしても読んでない。

「あーっ思い出した！　俺、部屋で用事があったんだ！」

彼女が何か言っていても掻《か》き消されるくらいの大声で、俺はわざとらしく叫《さけ》んだ。それと同時に椅子から立って、二口ほど残っていた白米を掻き込み、味噌汁《みそしる》で流し込んですべての食器を流しに置く。

そのまま花垣の方は見ずに、まだ食事中の面々のいるテーブルを通りすぎて逃《に》げるように食堂を出た。

「危なかった……！」

どうしてこうも忘れてしまうのだろう。

毎日、学校帰りにスーパーへ買い物に行き、帰宅したら朝食の食器を洗う。それから二時間近く台所に立って六人分の食事を作り、夕飯後はまた食器洗い。それをすべて終えて自分の部屋に帰ってくると、疲《つか》れてしまって横たわりたくなる。

そんなときに小説を読むのはしんどくて、まずは一冊薄《うす》めの漫画同人誌をめくる。御車響子の漫画のように物語作品としての構成がちゃんとしているものは少なく、大抵《たいてい》は女性のBL的な萌《も》えを詰《つ》め込んだだけの漫画なので、しんどい気持ちで読書を終える。そうするともう小説本を読む気にはなれず、御車響子のためにピクシブを開いたり同人誌について調べたりの作業に移ってしまう。そんなことの繰《く》り返しだった。

「……読もう。今日こそ読もう」

わざわざ口に出して決意を新たにし、布団の上に正座した。

花垣の同人誌は、一般《いっぱん》的な漫画同人誌より小さいA5判だった。その代わりに厚みはあり、最後の方のページに64とノンブルが振《ふ》られていた。字も細かいし、俺の読書スピードでは二時間は優にかかりそうな気がする。だが、今度ばかりは読まないわけにはいかない。

「……よし」

意を決して最初のページをめくった。すると……。

「おお……？」

文学賞にノミネートされた作家の文章なんて、明治の文豪《ぶんごう》の作品のように読みづらいものだと思っていた。だが、高校生が普通《ふつう》に読める語彙《ごい》と平易な文体で、冒頭《ぼうとう》から軽快な文章がつづられている。

話は、この作品で主人公となっている男キャラが友人の男キャラに「好きな女の子がいるんだ」と打ち明けられるシーンから始まった。普通の青春小説のようでとっつきやすい。

結果的に、俺は読み始めてから一時間半で、その小説を読破した。

「……なんか……すげー良かった……」

上手く言えないけれども、ＢＬというよりは一つの文学作品として味わい深いものがある。御車響子の漫画《まんが》と違《ちが》ってエンターテインメント性は薄く、主人公は好きな男と結ばれない。その結末に至るまでの、思春期の自我《じが》と、他者への嫉妬《しっと》、それらが性欲《せいよく》と結びついて生み出す、青春の甘酸っぱい過《あやま》ち。自分でも何を言っているのかよくわからないけど、とにかく妙《みょう》に感動的な作品だった。こういうのは嫌《きら》いじゃない。

一人で余韻《よいん》に浸《ひた》っていると、コンコンと控《ひか》えめなノックの音が廊下《ろうか》から聞こえてきた。音からして八剣《やつるぎ》でないのは確かだが、誰《だれ》だろう。そう思って、同人誌を床《ゆか》に置いてドアへ向かった。

「……御車さん」

ドアを開けると、廊下に御車響子が立っていた。

「ごめんなさい。ラインを送っても、読んでくださっていないみたいだから……」

「あ……ごめん。本読んでて気づかなかった」

スマホは近くに置いていたのだが、それくらい読書に熱中していたのだろう。そんなに急ぐ用事だったのだろうか。疑問に思う俺に、彼女は焦《あせ》った様子で言った。

「実は、コピー本ができないかもしれないの」

それを聞いて、俺は一気に身を乗り出す。

「えっ、どういうこと!?」

「さっき試し刷りをしていたらプリンターが壊《こわ》れて……うんともすんとも言わなくなってしまったの。まだ表紙も全然刷っていないのに」

「……じゃあ、コンビニに行く？」

「でも、まだ本文が終わっていなくて……。あと三時間くらいで完成する予定だから、その間に表紙を刷っていればいいと思ったのだけど。二百部は作ろうと思っていて、製本にも時間がかかるし……終わるかしら」

部屋を振り返って時計を見ると、時刻は二十一時。イベントが始まるのは明日十一時で、サークルは九時から入場して準備することができる。移動時間等も引いて考えねばならないし、両面コピーした本文を半分に折って表紙に挟《はさ》み、ホッチキスを背の二か所に留める作業を二百回も繰り返すのは、けっこうな時間を食う作業だ。

「……とりあえず、本文ができてから考えよう。御車さんは原稿《げんこう》に集中してて。その間に、俺が間に合わせる方法を考えてみるから」

とはいえ、そんな方法があるのか疑問だが。一人になってから、とりあえず俺が頼《たよ》ったのはあの人だった。

「あ～、それなら秋葉原の同人制作所に行きなよ～。二百部くらいあっという間だよ～」

俺から事情を聞くと、電話の向こうのユキ姉はいつにも増して脱力《だつりょく》した声で言った。

「え？　何それ」

「同人誌専用のコピー機があるんだよ～。印刷から製本まで全部やってくれて、ホッチキス留めした、すぐ売れる状態で一冊ずつ出てくるよ～」

「な……!?」

なんだそれ。すげえ。同人作家には夢のようなコピー機じゃないか。

「何時までやってるの、そこ」

「何時でも～。二十四時間営業だよ～。ユキ、明後日《あさって》の新刊さっき入稿《にゅうこう》してぇ～。もし落としたら、そこでコピーにしようかと思ってたんだ～」

「えっ!?　てか遅《おそ》くない？　一日で印刷ってできるの？」

「え～？　今回はかなり余裕《よゆう》入稿だよ～。ユキ、いつもは前日夕方の極道《ごくどう》入稿がデフォだもん。印刷所の人もわかってて『モモコシフト』作って対応してくれてるんだ」

よくわからないが恐《おそ》ろしい入稿の仕方をしているようだ。ともかく、ユキ姉のおかげでコピー本には希望が見えてきた。店の詳《くわ》しい情報を聞いて、電話を終えた。

「それ、本当……？」

零時過《れいじす》ぎ、原稿が終わったと俺の部屋を訪ねてきた御車響子にそのことを言うと、彼女は助かったというように緊張《きんちょう》の解けた顔になった。

「ああ。だから、たぶん一緒に始発で出れば大丈夫《だいじょうぶ》だよ。それでいいかな？」

明日……というかもう今日のことであるが、俺は彼女と共に売り子をする約束だった。準備には何かと手が要《い》るだろうし、数時間早く出るくらい付き合おうと思う。

「ええ……」

だが、御車響子は浮《う》かぬ顔だ。ちょっと逡巡《しゅんじゅん》した様子で、おずおずと口を開く。

「……やっぱり、わたし、今から東京に行ってもいいかしら？」

「えっ!? なんで」

「朝になる前に用意しておかないと心配で……。初めて行くところだし、そんなコピー機を操作するのも初めてだし。コピー機にも限りがあるだろうから、もし直前に行って、他のお客さんたちに使われていたりしたら……」

真面目《まじめ》であるがゆえの心配性《しんぱいしょう》か。ユキ姉には彼女の爪《つめ》の垢《あか》でも煎《せん》じて飲ませたい。

「たぶん大丈夫だと思うけど……」

俺だって初めてなので、無責任なことは言えない。

「それに、今からどうやって秋葉原に？」

「タクシーで行くわ。こういうときのための予備金は取ってあるの」

どうやら彼女は本気のようだ。俺はふうっと嘆息《たんそく》した。

「……わかった。じゃあ、俺も一緒に行くよ。すぐ準備するから」

「えっ？　大丈夫よ、申し訳ないわ」

彼女はとんでもないという風に首を振る。

「えーくんには売り子をお願いしているし、朝までゆっくりお休みになって」

「でも、心配だし」

こんな美少女が深夜に繁華《はんか》街《がい》をふらつくなんて、ちょっと考えただけでも物騒《ぶっそう》だ。

「東京は明るいし大丈夫よ。わたし、余計な場所には寄らないわ」

「だとしたって……」

もし印刷が早く終わったら？　明るくなるまでにはまだ随分《ずいぶん》時間がある。

「わたしは本当に大丈夫だから、朝、ビッグサイトでお会いしましょう。今から行ったら徹夜《てつや》になってしまうもの」

「御車さんだってそうだろ」

「わたしはいいの。自分の同人活動だし」

彼女が純粋《じゅんすい》に俺に遠慮《えんりょ》していることは、言葉の端々《はしばし》からわかる。けれども。

「……俺が付いて行ったら迷惑《めいわく》？」

「えっ……」

思いもかけないことを言われたのか、彼女は絶句して俺を見つめる。

「……もし付いて行かなかったとしても、朝までゆっくりなんて眠《ねむ》れないよ」

君が心配だから。そんな風にカッコ良く言えたらよかったけど。

俺は平凡《へいぼん》な男子生徒その一で、彼女は全校生徒憧《あこが》れの生徒会長だ。俺は彼女に惹《ひ》かれているけれども、彼女の方はそうでない。

たまたまオタクで腐女子《ふじょし》という秘密を見られたのが俺だったから、彼女は俺と交流を持っているに過ぎない。秘密を見たのが他の男だったら、彼女は今、こうしてまったく別の男と、同じように行動を共にしているだろう。それがわかっているから。

イベントだって池袋《いけぶくろ》だって、彼女が「一緒《いっしょ》に来て」と言ってくれたから行くことができた。彼女が「来ないで」と言うところには、俺は行けないじゃないか。

「……迷惑だなんて、そんな……」

弱り果てた様子で呟《つぶや》いた御車響子は、顔色をうかがうように俺を見上げる。

「……怒《おこ》ってらっしゃる？」

「いや」

と首を振りながら、もしかしたら怒っていたのかもしれないと思う。

つい卑屈《ひくつ》なことを考えてしまった、自分自身に。

「……付いて行くけど、いい？」

ほんの少しでいい。御車響子に「えーくんでよかった」と思われたい。そんなエゴを押しつけるかのように強めに言った言葉に、彼女は控えめに頷《うなず》いた。

「本当にごめんなさい……。三十分くらいで支度できるわ、わたし」

「じゃあ、三十分後に大玄関《げんかん》前で」


だが三十分後、大玄関に彼女の姿はなかった。

「御車さん？」

すわ出し抜《ぬ》かれたかと大玄関のドアをチェックすると、俺が夕飯前に施錠《せじよう》したときのまま、鍵《かぎ》はちゃんとかかっている。

「……だよな。キー持ってるの俺だし」

二階を見てみるが、御車響子の部屋が無人なのは廊下に漏《も》れる明かりがないので確かだ。

「御車さーん……？」

最後に足を向けた食堂で、異変に気がついた。誰もいないはずの食堂から廊下へ明かりが漏れている。近づいてみて、流しと冷蔵庫の間の床に横たわる人影《ひとかげ》に瞠目《どうもく》した。

「……御車さん⁉」

それはコートを着て、外出するばかりの格好になっている御車響子だった。慌《あわ》てて近寄ると、目を瞑《つぶ》っていた彼女はうっすら目を開けた。

「えーくん……」

彼女は震《ふる》える声で言い、自分の右手を少し床から浮かした。

「指……包丁で切ってしまって……」

傷は見れば一発でわかった。薬指の先の方から真っ赤な血がドクドクと流れてコートの袖《そで》や床を汚《よご》している。

「わたし、血を見るとダメなの……力が抜けて……」

傷口が大きいのか、血は止まる気配がなく流れつづけている。彼女は血から顔を遠ざけるようにしてぐったりとしているだけなので、処置をしようとその手を取った。温かく柔《やわ》らかな手の感触《かんしょく》に、池袋でのことを思い出して不謹慎《ふきんしん》かもしれないがドキドキしてしまう。

「こんなときは、確か……」

必死に頭を働かせて思い出したのは、小六の頃《ころ》、勤め先から泥酔《でいすい》して帰ってきた母が、グラスを割って指を切ったときのことだった。あのときはこれより出血がひどかった。

冷蔵庫にマグネットで吊《つ》ってあったキッチンペーパーを破り取り、彼女の指を、しゃがんだ俺の膝《ひざ》辺りまで持ち上げて押さえる。たちまち紙に血が赤黒く染み出て、さらにもう一枚ペーパーを巻いた上から両手で患部《かんぶ》を包み込むように握《にぎ》った。

「えーくん……わたし、死んじゃうのかしら……」

御車響子が、息も絶え絶えに言葉を吐《は》き出す。

「人間は、体内から三分の一の血液を失うと死ぬのでしょう……？　このまま血が止まらなかったら……」

呆気《あっけ》にとられる俺に、彼女はしごく真面目に訴《うった》える。

「せめて……一冊でも……BL同人誌を出してから、死にた……かっ、た……わ……」

ガクッと首を力なく傾《かたむ》け、

御車響子は死んだ。

「……えええ～～～っ⁉」

びっくりして、思わず止血のために摑《つか》んでいた彼女の手をガクガク揺《ゆ》すってしまった。

「大丈夫だよ！　全然、まだ十分の一も流れてないって！」

「えっ⁉　本当？」

御車響子はぱっちり目を開ける。

「本当だよ。それに、たぶんどんなにひどく切っても、指だけじゃ人間死なないよ」

御車響子は目をしばたたかせる。

「そうなの……？」

「うん」

それで彼女が落ち着いた様子になったので、ほっと一安心する。

「……だけど、どうして包丁を触《さわ》ったりしたの？」

「……それは……」

彼女はためらいがちに口を開いた。

「わたし、えーくんにご迷惑をおかけしてばかりで申し訳なくて……。少し早く支度ができたから、せめて夜食でも作って、えーくんに食べていただきたいと思ったのだけど」

シンク脇《わき》の調理スペースを見上げると、そこには確かに、まな板の上に置かれた包丁と皮をむきかけのじゃがいもが確認できる。

「ごめんなさい。わたし、えーくんにご迷惑をかけるだけの存在だわ……」

「そんなこと」

「いいえ、いつも本当に申し訳なく思っていたの。礼拝ではビッグサイトの配置図を出すし、授業中に原稿《げんこう》を落とすし……。こんなわたしだから、えーくんも頼《たよ》りなく思って、一人では心配で東京に出すことができないのよね……」

目からうろこが落ちる思いで、消え入りそうな彼女の声を聞いていた。

(その心配じゃねーよ……！)

「少しでもえーくんのお役に立って、一人でも大丈夫《だいじょうぶ》ってところをお見せしたかったのだけど、また失敗して、逆にお手を煩《わずら》わせてしまったわ……。ごめんなさい」

「いや、あの……御車さん」

俺が言うと、罪悪感の塊《かたまり》のような顔の彼女がこちらを見る。

「俺が心配していたのは、君自身の身の安全で……君が何かヘマすることじゃないよ」

「えっ？」

「深夜に女の子が一人で外出したりしたら、世の中、色んな悪いやつがいるから……」

どうやら、箱入《はこい》り娘《むすめ》のお嬢様《じょうさま》には、そのことがピンとこないらしい。

「……もしかして、ナンパとか……そういうことをなさる方のこと？」

「ナンパで済めばいいけど、まあそういう輩《やから》のことだよ」

「そんなことをする方って、漫画《まんが》の中だけでなくて実在するの？」

「けっこうね」

なんだこの会話……と思うが、御車響子は本気の顔だ。

「すごいわ。『ヘイ彼女、俺たちとお茶しない？』とか？」

「セリフはだいぶ古いと思うけど……だいたいそんな感じかもな」

「まあ……まさに『ワル』ね！」

彼女は目を輝《かがや》かせている。

（そういやこの子、ワルに憧れてたんだっけ……）

本物のワルになど一生縁《えん》のない、汚《けが》れを知らないお嬢様なんだなと改めて思う。そんな彼女が、自ら俺に料理を作ろうとしてくれていたなんて考えるだけで嬉《うれ》しい。

「……ちなみに、何を作ろうとしてくれてたの？」

気になって訊《き》くと、彼女は「ええと……」と恥《は》ずかしそうに口ごもりつつ答えた。

「肉じゃが……」

「えっ⁉　今からそんな手のかかるものを？」

「えっ？　そ、そうなの？　じゃがいもとお肉にお醬油《しょうゆ》とお砂糖をかけて、レンジでチンするだけではないの？」

「…………」

確かに、のり弁や日の丸弁当を作るのに料理の腕《うで》は必要ない。お嬢様の彼女がなぜか弁当だけショボ飯なのは、節約目的の他にも事情があったのか……。

「ち、違《ちが》った？　ごめんなさい、まだ家庭科で習っていないレシピはわからなくて……」

「ま、まあ、気持ちは本当に有難かったよ。そろそろ血も止まったんじゃないかな」

彼女の厚意《こうい》を傷つけないようごまかして、その手をゆっくり離《はな》した。遠のいていく体温を名残惜《なごりお》しく思いつつ、巻いていたキッチンペーパーをゆっくりはがす。

「まあ……本当だわ、こんなにすぐ」

傷口に凝固《ぎょうこ》した赤黒い血を不気味そうに見ながら、御車響子は感嘆《かんたん》の声を上げた。たぶん、こんなに出血する怪我《けが》をしたのは生まれて初めてなんだろう。

「……わたし、本当にダメね……。何も知らないし、一人じゃ何もできないし……何が生徒会長かしら。自分が恥ずかしいわ……」

床《ゆか》の上にゆっくり身を起こしながら呟いた彼女は、いつになく落ち込んだ様子だ。

「……そんなことないよ。君は頑張《がんば》ってる」

なんでそんなことをする気になったのかわからない。もしかしたら、薄暗《うすぐら》い台所に二人きりの状況で彼女の手を握っていたせいで、ちょっとムラムラしていたのかもしれない。

俯《うつむ》いた彼女の頭にポンと手を置いて、艶《つや》やかなブロンドをひと撫《な》でする。すると胸の奥から熱い気持ちがこみ上げて来て、彼女を抱《だ》きしめたい衝動《しょうどう》に衝《つ》き動かされて困惑《こんわく》した。

「え……えーくん……？」

顔を上げた御車響子は、頬《ほお》を真っ赤に染めていた。見つめ合うこと一秒弱、彼女はうろたえた様子ですっくと立ち上がる。

「わ……わたし、部屋で着替《きが》えてくるわ！　コートに血をつけてしまったし、絆創膏《ばんそうこう》も貼《は》りたいし。すぐに行くから、玄関で待っていらして！」

「あ、ああ……」

俺まで動揺《どうよう》して、慌てて立ち上がって台所を後にする。

（キモがられてしまったんだろうか……）

軽率《けいそつ》な行動を反省しながら、どうせ叶《かな》わぬ恋《こい》なのだと自分に言い聞かせる。それで痛む胸をごまかしながら、大玄関へと向かったのだった。

□

それから、俺は彼女と共にタクシーで秋葉原へ行った。ユキ姉の言った通りのハイテクコピー機に二人で驚嘆《きょうたん》しながら、二百冊を無事に手にした頃には明け方になっていた。

それでビッグサイト近くに移動して、ファストフードで朝食を取りながら、御車響子と本日の段取りの確認だ。

「これで完璧《かんぺき》ね！」

ミルクと砂糖を三つずつ入れたコーヒーを飲みながら、御車響子は俺に微笑《ほほえ》む。

「ああ」

サンプルもお品書きもアップしたし、俺がやれることは全部やった。寝不足《ねぶそく》で体調は万全でないが、初めてのサークル参加に気分が高揚《こうよう》して、不思議と眠気《ねむけ》はやってこない。

サークル入場開始に合わせてビッグサイトへ移動し、順調にスペースへ向かう。この前は東ホールだったが、今日はオンリーイベントなのでそれより少し小さい西ホールだ。

御車響子のスペースは、細長い長方形を描《えが》くように並べられた長テーブルの塊の中間、いわゆる「島中《しまなか》」と呼ばれる場所にあった。

二人でそこへ到着《とうちゃく》したとき、御車響子が首をひねった。

「あら……？　どうして本が届いていないのかしら」

彼女の言っていることは、周りのスペースを見ればわかった。今日の新刊は印刷所がスペース内に搬入《はんにゆう》してくれることになっているらしく、両隣《りようどなり》もその向こうもずっと、見渡《みわた》す限《かぎ》りどこも、机の下に印刷所の名前を記した段ボール箱が置いてある。

「おかしいわ……。印刷所に訊いてみないと」

そう言ってスマホを耳に当てた彼女は、電話に出た印刷所の人に状況《じようきよう》を説明した。そして、みるみるうちに青ざめた。

「……どうだった？」

電話を切った彼女に訊くと、御車響子は茫然《ぼうぜん》と言った。

「印刷所が納品先を間違《まちが》えたらしいの。たまたま同じサークル名の人が同時期に入稿《にゅうこう》していて、その人の分と一緒《いっしょ》に運んでしまったとか」

「えっ⁉」

そんなことあっていいのか。いや、人のすることだから間違いはあるんだろうけど。

「それで、どこに運ばれたって？」

「今、確認して折り返してもらうわ」

言っているうちに、彼女のスマホが鳴りだした。

「はい、御車です。はい……ＴＲＣ……」

緊迫《きんぱく》した顔つきの彼女の口から、ある名称《めいしょう》が出た。

「……わかりました。一旦《いったん》相談します」

そう言って、電話を切る。

「わたしの本、ＴＲＣ……東京流通センターに運ばれたらしいの」

「それ、どこ？」

「浜松町《はままつちょう》からモノレールで三駅のところよ。そこもよく同人イベントをやっているの」

思っていたより遠くなかったのでほっとする。名古屋とか大阪《おおさか》とかのイベントに運ばれていたら完全に終わっていた。

「で、いつ届くの？　向こうのミスなんだから、すぐに届け直してもらえるんだろ？」

「それが……」

御車響子は暗い顔で俯く。

「現場の手が足りなくて、すぐには運べないそうなの。早くても午後にはなるって」

「そんな……！」

「開場に間に合わせたいなら取りに来て欲しいと言われたわ」

浜松町はＪＲで新橋の隣《となり》だ。新橋からゆりかもめで十個目がビッグサイトのある国際展示場駅だから、決して距離《きより》が遠いことはない。

「……それなら、俺が取りに行くよ」

「わたしも行くわ」

「君はここでスペースの準備をしないと。もし開場までに帰ってこれなかったら、欠席サークルかと思われてお客さんに帰られてしまうよ。コピー本はとりあえずあるんだし、テーブルをセットしておいてもらった方が、新刊が来てすぐに売り始められるだろ」

「だけど……」

「大丈夫だよ。まだ時間はあるから」

余裕《よゆう》を持って来たので、開始まではまだ二時間近くある。イベントの時間は十一時から十五時までの四時間と決まっているから、印刷所の人が届けに来るのが一時や二時だったら、どんなに売れるはずだった新刊も思うように売れなくなってしまう。

「でも、新刊は八百冊もあるのに、一人で持って帰れるかしら……」

「なんとかするよ。それに、君についてきてもらったところで、君は右手を怪我しているんだから、段ボール箱なんて持てないだろ」

俺が言うと、彼女は自分の絆創膏に包まれた指を見て俯いた。

「……わかったわ。わたし、待っているわね」

「ああ。すぐ帰ってくるから」

具体的にどうするのかは考えていなかったけど、とりあえず一刻も早く彼女の新刊を回収しないと安心できない。たとえどんな事情があったとしても、本がその場になければ、お客が何人来たって一冊も売れない。それが同人誌即売会《そくばいかい》の怖《こわ》さなのだと知った。

「じゃあ、行ってくるから」

そう言うと、俺はまだ閑散《かんさん》としているホールを走りだした。

（なんだっていうんだ……！）

よりによって、御車響子のを間違えなくたっていいだろう。サークルはこんなにたくさんあるのに。あんなに頑張っていた彼女の本が、どうしてこの場に来ていないんだ。

時刻は九時二十分。国際展示場近辺はどこもかしこも広い造りで移動に時間がかかる。TRCに着いた頃《ころ》には、十時近くになってしまった。

「すいません、タカムラ印刷さんいらっしゃいますか」

焦《あせ》る気持ちを抑《おさ》え、ホールの入口でチケットを確認していたお姉さんに尋《たず》ねた。

「えっ？　ここではわかりませんが」

「荷物が誤配送されていて引き取りたいんです。じゃあ中に入っていいですか？」

「あっ、チケットを見せていただかないと」

「持ってないんです、違うイベントから来たので」

お姉さんは悪くないが、急いでいるのでイラッとする。

なんとか中に入れてもらってからも、スムーズには行かなかった。

「あの、タカムラ印刷さんはどこですか？」

どこに行けばいいかわからないので、段ボール箱がたくさん集められている受付に行く。

「いや、こっちは宅配のことしかわからないですねー」

「じゃあ、タカムラ印刷さんからの荷物は……」

「もうブロックごとに分けて持っていってるので、そっちで捜《さが》してください」

何のイベントかよくわからないけれども、こちらも開場は十一時からのようだった。ビッグサイトほどではないが広めのホールに長テーブルが並べられ、島ごとに各サークル宛《あ》ての段ボール箱がまとめられている。その中から御車響子の荷物を捜すのは骨だった。

「……もしもし、御車さん？」

段ボール箱の山を一つ一つ確認しながら、俺は御車響子に電話をかけた。

「君の段ボール、どこにも見当たらないんだけど……？」

「それがね……。わたしも今、えーくんに電話でお知らせしようと思っていたのだけど」

なんだ……？　いやな予感がする。

御車響子は、深呼吸一つするくらいの間を空けて言った。

「今、印刷所の人から電話があって……。わたしの本、さらに別の会場に送られたみたい」

「はあ⁉」

まったく意味がわからない。

「どうしてそんなことになるんだよ」

「さっき、わたしからの電話があったあと、印刷所の人がＴＲＣにいるスタッフに搬入の間違いを知らせたらしいの。それでわたしたちのいるビッグサイトに送り直すよう言ったはずが、伝達ミスで都立産業貿易センターに運ぶ車に載《の》せてしまったって」

「えっ……」

なんでそんなことが起きるんだ。

「っていうか、その都立産業なんとかってどこにあるの？」

「浜松町駅ですって」

「まあ、それなら……」

浜松町なら、いずれにしろここからビッグサイトに帰る途中《とちゅう》に通るところだ。

「……わかった。今からそっちに向かうよ」

すぐに会場を出て駅へ引き返し、ちょうど来た電車に飛び乗った。電車の中で場所を確認すると、都立産業貿易センターは駅のすぐ近くだ。

『浜松町、終点です』

モノレールが到着し、スーツケースを携《たずさ》えた乗客たちの間を、身軽なのをいいことに縫《ぬ》って走った。駅構内を出た頃、再び御車響子から着信がある。

「えーくん？　もう着く？」

「ああ。あと一分くらい」

「さっき都立産業貿易センターにいる印刷所の人と連絡《れんらく》が取れて、現場スタッフが、会場の外で、わたしの新刊の箱を全部台車に載せて待っててくださっているって」

「ほんと？　それは助かる……」

言っている傍《そば》から、都立産業貿易センターのビルが見えてきた。一般客《いっぱんきゃく》と思われる人々が待機しているエントランスに、段ボール箱の入ったカーゴ型の台車とお姉さんが見える。

「あの、霧島様ですか？　御車様からうかがっております」

俺が近寄って行くと、向こうの方から声をかけてくれた。

「この度《たび》は大変申し訳ございませんでした！　発送業務を担当していた新人がとんでもないミスをしてしまって、現場も混乱していまして」

「ああ……いえ」

印刷所の人に会ったらイヤミの一つも言いたいと思っていたのに、面と向かって申し訳なさそうな顔をされると責めることができない。

「……大丈夫《だいじょうぶ》です。外まで持ってきてもらってありがとうございました」

「とんでもございません！　タクシーお使いになりますか？」

「そうですね……」

どうしよう。

台車に載っている段ボール箱は全部で六つある。二つや三つなら押してでも運べると思っていたが、たぶん御車響子の今回の新刊が、二冊とも平均的な同人誌より厚かったせいで箱が多いのだろう。

時刻はもう十時半で、タクシーでも開場時間にはギリギリ間に合わない可能性がある。開場したら一人で売り子する御車響子はスペースから動けないので、もしタクシーでビッグサイトに着いても、降り場へ台車を持って来てもらうわけにはいかないだろう。段ボール箱を六つも抱《かか》えて、俺は会場の外に立ち往生することになる。

「……この台車、お借りしてもいいですか？」

それは突拍子《とっぴょうし》もない発想だったが、今の俺にはそれしか思いつかない。おそらく同人界でも類を見ない搬入《はんにゅう》方法で目立つことこの上ないだろうが、この緊急時《きんきゅうじ》にそんなこと、かまってられるものか。俺は、なんとしても彼女の努力を無駄《むだ》にしたくないんだ。

「えっ？　かまいませんが、これだと電車に乗れないと思いますよ」

「大丈夫です。このまま会場まで走って持っていきます」

台車は業務用のカーゴ型になっているものなので、走っても箱が台車から落ちることはない。臨海地区の広い道なら、押して走ることも可能だろう。

「えっ⁉　ええっ⁉」

案の定、お姉さんはありえないといった顔で驚《おどろ》いている。だが俺は本気だ。

「じゃあ、行ってきます！」

台車を勢いよく押し滑《すべ》らせて、俺は大通りの歩道を走り出した。

開場まで、あと三十分。このまま海沿いを横浜《よこはま》方面へ走って、レインボーブリッジを渡《わた》って左に行くとビッグサイトだ。道は単純だけれども、それが三十分で着く距離でないのは、ここから見えるレインボーブリッジの小ささからもわかっていた。

走り出してしばらくして、御車響子から電話がかかってきた。両手で台車を押して走ったまま、肩《かた》と耳でスマホを挟《はさ》んで出る。

「えーくん？　どうだった？」

気が気でないのか、その声が逸《はや》っている。

「大丈夫だよ、本は全部回収した。今、会場に向かってる。開場時間には間に合わないかもしれないけど、なるべく早く届けるから」

俺が答えると、電話の向こうは一瞬沈黙《いっしゅんちんもく》する。

「……よかった……」

胸の奥から絞《しぼ》り出したようなその声が、おしまいに小さく震《ふる》えて嗚咽《おえつ》に変わった。

「えーくん、わたし、」

ほとんど涙声《なみだごえ》で、御車響子は言った。

「わたしって、ほんとダメだわ。わたしがあまりにダメすぎるから、ついに運にまで見離《みはな》されてしまったのだと思ったわ……」

「えっ……ちょっ、み、御車さん⁉」

たとえ電話越《ご》しでも、気になる子に泣き出されて動揺《どうよう》しない男なんていないだろう。

「どうした……⁉　大丈夫？」

「……大丈夫よ、ごめんなさい。安心したら急に……」

彼女はたぶんスペース内に座っているんだろう。周りの目を気にしてか、洟《はな》をすすって、囁《ささや》くように言葉を吐《は》き出す。

「だってわたし、頑張《がんば》ったんだもの。たかが同人誌だけど、わたしにとっては夢への第一歩なの。だから、想いを込めすぎてしまって……笑わないでね、えーくん」

笑わない、笑わないよ。

だって、世界中の誰《だれ》も知らない君のその頑張りを、俺は知っている。

家族にも言えず、萌《も》えを共有してくれる友達もいなくて。それでもまだ見ぬ誰かに自分の想いを届けたくて、孤独《こどく》の中、必死に頑張っていた君を俺は見ていた。

「ごめんなさい、えーくん。わたし、えーくんには本当に感謝しているの。感謝しすぎて、申し訳なくて死んでしまいそう。えーくんはいつもわたしを助けてくれて……今だって、ほとんど寝《ね》てないのに、わたしのために同人誌を運んでくださっているんでしょう。どうしてそんなによくしてくださるの？」

それは、君が俺の憧《あこが》れの人だったからだ。綺麗《きれい》で頭のいい非の打ちどころのないお嬢様《じょうさま》だと思って、ずっとずっと憧れていた。

でも、それだけじゃない。もしそれだけだったら、御車響子の正体がオタクで腐女子《ふじょし》だとわかった今、彼女の同人活動のために、ここまで尽力《じんりょく》できたかわからない。

「……ごめん、御車さん。俺も、君に申し訳ないと思ってた」

彼女とサンプルをめぐって言い合いになりかけた、あの晩のうしろめたさが蘇《よみがえ》る。

「俺が君を応援《おうえん》していたのは、君のためだけじゃないんだ」

喋《しゃべ》っていると余計に息が切れて、スピードを緩《ゆる》めたい気持ちになる。そんな身体《からだ》に鞭打《むちう》って、やけになったように語った。

「俺は、夢に向かって努力する君に憧れてるんだ。俺、オタクをやめてからずっと空っぽだったから……好きなことがあって夢中になって、キラキラ輝《かがや》いている君と一緒《いっしょ》にいると、自分までキラキラできるような気がして楽しかった」

道はいよいよ海に近くなって、もうすぐレインボーブリッジに到達《とうたつ》する。朝日を反射して銀の鱗《うろこ》のように光り輝く水面は、御車響子の瞳《ひとみ》を思わせるまぶしさで、目を細めながら歩道をひた走った。

「楽しかったんだよ、俺。今日のイベントに向けて、色々工夫して、少しでも君の本が売れるように考えるのが……。こういうのが生きがいっていうのかなって思った」

「……えーくん……」

「だから、いつかは俺も自分の夢を見つけなきゃと思うけど、それまでは君のサポートをさせてもらえたらって、今、思うんだ」

台車は物凄《ものすご》い重さで、思うようにスピードが上がらない。すでに心臓は痛いほど苦しくて、呼吸するたび喉《のど》が焼き切れそうだ。

でも、前進をやめるわけにはいかない。

「あんなに頑張っていた君の努力が無駄になるなんて、そんなのは間違《まちが》ってる。そんなの、俺はイヤだ！　だから、これは俺自身のためでもあるんだ。俺は俺の意志で、この荷物を届けたい。俺がそう思うことに、君が申し訳ないと思う必要なんてないだろ？」

御車響子が魂《たましい》をこめて作った作品を、ＢＬに興味のない俺が震えるほど感動した作品を、一人でも多くの人に読んで欲しい。

そのために、俺は走っているんだから。

「……うん……」

御車響子の声が、再び涙《なみだ》で湿《しめ》っているのがわかった。

「待っているわ、わたし」

彼女の癒《いや》しの声色が、俺の足を軽くしてくれる。

「あの日、わたしの秘密を見られた相手がえーくんでよかった」

俺が聞きたかったその言葉を、彼女の声が紡《つむ》いでいる。

レインボーブリッジの向こうに、まだ逆ピラミッドの影《かげ》は見えない。だけど。

俺の心は、会場で待つ彼女へ一直線に向かっていた。

□

ビッグサイトに到着《とうちゃく》すると、すでに一般《いっぱん》参加者がさかんに入場している時間帯だった。

「うぉら～～～……！」

声を出して気合いを入れ、大階段の真ん中のスロープを、カーゴで一気に駆《か》け上がる。

「何あの人、手搬入？」

「えっ、印刷所の人じゃないの？」

「だとしたら車で裏に運ぶでしょ、マジキチすぎ」

なんとでも言え。俺はすでにビッグサイトでBL同人誌を買いまくって恥《はじ》を掻《か》き捨てた身だ。学校でも、授業中に漫画《まんが》原稿《げんこう》を落としてしまうくらいの腐男子で通っているし、怖《こわ》いものなんてもう何もない。

もう一般参加者の待機列は解消していて、俺はすんなり出入口から建物内に入って、西ホールへの通路を大カートで突《つ》っ走《ぱし》った。

「走らないでください、危ないですよ！」

わかってる。周りの人にも気をつけてる。でも俺は一刻も早く本を届けたい。足はすでにガクガクで、台車を押す手も痺《しび》れて感覚がない。最後の力を振《ふ》り絞って、ホールに入ってスペースを探した。

御車響子のいる場所、俺のゴールが近づいてくる。そして。

台車を押してきた俺を見て、スペース内で立ったままコピー本を売っていた御車響子は目を丸くした。

「えーくん……！」

「ありがとう……！　その台車、どうやって運んでいらしたの？」

びっくりしながらも、その顔は安堵《あんど》と歓喜《かんき》で満ちている。

（……そうだ。俺はこの顔が見たかったんだ）

俺自身のため、だなんて言いながら、ちゃんと彼女から報酬《ほうしゅう》を欲しがっていた自分の図々しさに、心で苦笑する。

「あとで話すから、とにかく本を出そう」

彼女のスペースの周りには、コピー本を求める人だけで島中に不釣《ふつ》り合《あ》いなほどの人だかりができていた。台車を片づけ、段ボール箱から出した新刊を見本誌提出して、俺は彼女に加勢して売り子に入った。

「うわっ、何ここ、配置ミス？　人気サークルが島中に来ちゃった？」

「いや、ピクシブのランカーがオフ初参加らしいよ。今から販売《はんばい》開始だって」

「へえ〜、じゃあ私も並ぼう」

たちまち列ができて、通りすがりの人々が、身動きもできないほどの通路の混雑に顔をしかめていた。

「すいません、最後尾《さいこうび》札《ふだ》の用意をお願いします」

すぐにスタッフの人が列を整理しに来て、御車響子は空いた段ボール箱の蓋《ふた》をカッターで切って、マジックで「ウ - 18　最後尾」と書いて渡した。

「全種類一冊ずつお願いします」

「はい……千二百円です」

目の前にやってくるお客さんに、値札を見ながら金額を計算して伝え、本を渡す。

「一冊ずつお願いします」

「はい、千二百円です」

御車響子が魂をこめて描《か》いた漫画《まんが》を、お金を払《はら》ってでも読みたいと思ってくれる人が、俺の脳内だけでなく、確かに実在した。そのことが純粋《じゅんすい》に嬉《うれ》しい。

「……よかったね」

販売の合間に段ボール箱から新刊を出している彼女に声をかけると、御車響子はまぶしいほどの笑顔で俺を見上げた。

「ありがとう。本当に、えーくんのおかげだわ……」

その笑顔は、これまで見たどの彼女の顔よりも美しく見えて。

(オタクだって腐女子だって、御車響子は可愛い)

原稿《げんこう》に向かうひたむきな表情、好きなものを語る目の輝き、夢を見つめるまっすぐな瞳

……そんな一つ一つの顔が、彼女の秘密を知らなければ見られなかったものだから。

完璧《かんぺき》なお嬢様でない、腐女子の御車響子を知って、がっかりした日もあった。でも、今の俺は、自分だけがそれを知ることができたことを、神様に心から感謝する。

それから二時間ほど、俺と御車響子は立ったままノンストップで本を売りつづけた。

「ありがとうございました」

最後の一冊が売りきれると、列に並んでいたお客さんたちは残念そうに解散していく。

「……やっぱり、えーくんの言う通り五百ずつ刷っていればよかったわ。ごめんなさい」

申し訳なさそうに彼女たちを見送りながら、御車響子は呟《つぶや》く。

「それに、搬入《はんにゅう》部数の大幅追加を申請《しんせい》し忘れていて、本部に怒《おこ》られてしまったし……」

「それは次の反省にしよう。君のイベント参加は、これからも続くんだろ？」

俺が言うと、彼女は眉《まゆ》を下げ、目元を染めて俺を見上げる。

「……さっき言ってくださったこと、本当？」

「え？」

「これからも、わたしの同人活動をサポートしてくださるって」

「ああ……本当だよ」

それはむしろ、俺の方が心から望むことで。

「君を見ていて思ったんだ。俺も、自分が熱中できるものを見つけたい。君の傍《そば》にいたら、俺はそれが見つけられそうな気がする。だから、御車さんさえよければ……」

「いいに決まっているわ。本当に嬉しい」

即答《そくとう》した彼女は、そこでさらに頬《ほお》を赤らめた。

「……ねえ、えーくん。さっきわたし、気づいたことがあるの。えーくんが台所で、わたしの頭を撫《な》でてくれたときね……」

なんだ……？

ドギマギしたような彼女の様子に、俺の胸も高鳴ってくる。

――わたし、えーくんのことが好きみたい……。

そんな幻聴《げんちょう》を聴《き》きながらドキドキしていると、彼女は散々もったいつけたそぶりのあとで、恥《は》ずかしそうに口を開いた。

「えーくんって、わたしが生まれて初めて好きになった男の人に似ているわ」

「……えっっ⁉」

まさか、まさか。今度という今度は、予想が当たってしまった……⁉

卒倒《そっとう》しそうな興奮が続くこと数秒、彼女はこう続けた。

「『忍王忍太郎《にんおうにんたろう》』の十井《とい》先生……。ダメダメな生徒たちに振り回されながらもピンチのときには助けずにはいられない包容力のある性格、ものすごく素敵な受けよね……」

「って、やっぱりBLかよ！」

御車響子は、どこまでも期待通りの腐女子だった。

そうしてともかく、御車響子の生まれて初めてのサークル参加は大成功に終わった。

彼女と共に閉場を拍手《はくしゅ》で迎《むか》え、夕方、疲《つか》れきって帰った俺には安穏《あんのん》と休息が待っていた……はずだったのだが。


「……あ!」

御車響子と別々に帰宅し、自分の部屋に戻《もど》ったとき思い出した。

「やべえ……」

床《ゆか》に落ちている花垣の同人誌を見て、昨夜《ゆうべ》の記憶《きおく》が蘇る。

——あーっ思い出した! 俺、部屋で用事があったんだ!

我ながらひどいことをしてしまった。彼女は何か言いかけていたのに、本を読んでいない罪悪感から半ば無視して部屋に帰ってしまった。

(……今から感想を言いに行こう)

小説は最後まで読みきったし、何より純粋に面白かった。そのことを彼女に伝えたい。

そう思って、部屋のドアを開けたときだった。

「……うわっ!?」

目の前の廊下《ろうか》に、花垣が立っていた。部屋着とは違《ちが》うギャルっぽいミニ丈《たけ》のワンピース姿で、彼女の方もびっくりしたように目を見開いている。今まさにドアをノックするところだったのか、胸の高さで右手の拳《こぶし》を握《にぎ》っていた。

「……びっくりした……」

低い声で呟いた彼女は、俺を見て思い出したように表情を険しくする。

「……あっ、そうだ、花垣さん！」

その様子を見て、俺から急いで口を開いた。

「読んだよ、本！　すごく良かった！　感動した！　面白かったよ！」

もっと色々言えることはあったはずなのに、自分の感想のボキャブラリーの少なさに、喋《しゃべ》っていて我ながら愕然《がくぜん》とする。

「それに……えーっと……文章もそれほど難しくなかったし、内容もすごく良くて……」

「もういいです」

一瞬《いっしゅん》面食らった様子になった花垣は、さっきより怒った顔つきで俺の言葉を遮《さえぎ》る。

「……別に、もういいです。わかったから。あの本、どうせ会長に頼《たの》まれたんでしょ」

何を言われたのか、理解するのに数秒の時間を要した。

「……なんだって……？」

会長……。生徒会長……、御車響子。

どうして花垣が、俺と彼女の秘密を知ってるんだ……？

「……なんだよ、それ。どういう意味だ？」

花垣は答えない。顎《あご》を引いて上目づかいにじっと俺を見つめ、何かを探るように黒目の奥を光らせている。

「おい、答えてくれよ。一体どうして君が……」

「先輩《せんぱい》のバカ！」

じれったくなって声を荒《あら》らげかけたとき、花垣が爆発《ばくはつ》したかのように叫《さけ》んだ。

「ウソツキ！　先輩が同人買いに来てくれたとき、ウチ、すっごく嬉しかったのに！」

「……え……」

「先輩がウチの本を買いに来なかったら、ウチだって先輩のことなんか……」

そこで口をつぐんだ彼女は、ふてくされたように俯《うつむ》く。

「……花垣、さん……？」

「ウチ、見たんです。今日のビッグサイトの帽《ぼう》バスオンリーで」

そう言って、顔を上げてキッと俺をにらむ。

「先輩と会長、本売ってましたよね。ほら」

こちらが何か言う暇《ひま》もないほど間髪《かんはつ》を容れず、彼女は後ろ手に持っていた鞄《かばん》から二冊の同人誌を出す。

「あっ……！」

その表紙のイラストは、一生忘れないくらい目に焼き付いている。さっき完売した、御車響子の記念すべき初同人誌だった。

「それは……」

「びっくりするだろうなあ、清聖のみんな。写植してあるけど、所々手書きのセリフがあるから、見る人が見たら会長の字だってわかるだろうし」

「やめてくれ！」

頭の中が真っ白だった。

俺は甘かった。オタク荘《そう》の住人はみんな年季の入った腐女子《ふじょし》で、数週間前のオールジャンルイベントで一堂《いちどう》に会している。こういう危険性は考えるまでもなくわかっていたはずだ。花垣のうたプソ本を買う御車響子が帽バスで本を出すのだから、花垣が帽バスオンリーの会場に来る可能性だって、充分《じゅうぶん》考えられたはずだった。

「君だって……趣味《しゅみ》のことバラされたくないんだろ？　だったら彼女の身になって……」

「別に、誰《だれ》もバラすだなんて言ってませんよ」

「えっ⁉」

「でもまあ、黙《だま》っておくには条件がありますけど」

冷《ひ》や汗《あせ》まみれの俺を見て、花垣は心なしか緊張《きんちょう》した面持ちで口を開く。

「……先輩、ウチと付き合ってください」

「………………!?」

なんだって……!?

またしても思考停止に陥《おちい》った俺を、花垣はちらっと見上げて目を眇《すが》める。

「そうしたら、これのことは秘密にしておいてもいいんだけどなあ……」

独り言のようにひっそりと、彼女は甘い余《よ》韻《いん》の残る声で囁《ささや》いたのだった。

あとがき

はじめまして、またはお久しぶりです。この度《たび》は『オタク荘《そう》の腐《くさ》ってやがるお嬢様《じょうさま》たち』をお手に取ってくださり、ありがとうございます。

突然《とつぜん》ですが、私が同人誌と出合ったのは中学一年生のときのことでした。

当時、生まれて初めてプレイしたＲＰＧ、ＦＦ６にハマっていたオタク初心者の私は、コミケと二次創作同人誌の存在を知って「好きなキャラたちが動いて会話するところをもっと見たい」という実に子どもらしい無邪気《むじゃき》な欲望《よくぼう》を胸に、コミケに向かいました。

今ほどインターネットの発達していなかった時代、カタログを見るくらいしか下調べのしようもなく、初心者があの大空間の中に放《ほう》り込まれたらどうなるか。

迷子です。友達と一緒《いっしょ》だったような気がしますが、友達も初心者なのでうろうろと同じところを歩き回りました。だって、どこの本を買ったらいいかわからないのです……。

困り果てて手ぶらで帰ろうかと思ったとき、ＦＦスペースの中でひときわ人が集まっているサークルさんを見つけました。新刊の表紙に描《か》いてあったのは特に好きでもないＦ兄弟でしたが（私はＬが好きでした）、そんなに人気なら面白《おもしろ》いのでは……とお姉さんたちにまぎれて一冊購入《こうにゅう》し、家に帰っていそいそとページをめくって目ん玉が飛び出ました。

それは、18禁のＢＬ漫画《まんが》でした……！

まだ男女のアレな漫画も目にしたことがない頃《ころ》に、いきなりのＢＬ18禁シーン（しかも兄弟モノ）。物凄《ものすご》い衝撃《しょうげき》でした。当時は18禁表記や購入時の年齢確認《ねんれいかくにん》が徹底《てってい》されていない時代で、中学生でも普通《ふつう》に18禁同人誌が買えたのです。

図《はか》らずも人生で初めてのＢＬ同人誌（しかも18禁）を中一にして手に入れてしまったおませさんな私は、とりあえずそれを学校へ持って行って友達に見せました。

「こんなの買っちゃったんだけど、どうしよう！」

どうしようもくそも買っちゃったんだからないのですが、あまりの衝撃で見せびらかさずにはおれませんでした。うちの学校は中高一貫《いっかん》の私立女子校で、小学部からのエスカレーター組の中にはその手の文化に詳《くわ》しい子もいました。

「ああ、やおい本ね。見せてよ」

事情通の風格で私からそれを受け取った友達は、ホームルーム中にもかかわらず熱心にその18禁同人誌を読みふけりました。

「そこ、何を読んでいる！」

そして、あっさり先生に見つかりました。

「なんだ、こんなスケベなものを読んで……しかも男同士じゃないか。変態か？」

「違《ちが》うんです、これは長岡《ながおか》さんので！」

恥《はじ》までかかされました。

「誰《だれ》のものでも漫画は違反《いはん》物だ。これは高校卒業まで預かっておくぞ」

筋骨隆々《りゅうりゅう》の体育科の男性担任は、そう言って私が生まれて初めて買った同人誌（18禁BL）を没収《ぼっしゅう》していきました。

中一のときに「高校卒業まで」。途方《とほう》もない期間です。少女だって大人になります。

「ごめんね。これ、一応渡《わた》しておくから……卒業して本返してもらったら返してね」

と、本を取り上げられた友達は弁償金《べんしょうきん》として私に千円くれました。私はそれを綺麗《きれい》な色の封筒《ふうとう》に入れ、自宅の机の引き出しの奥に大事にしまっておきました。

その後、私はスクエニ系のRPGを中心にときメモ（男性向け）などの恋愛《れんあい》シミュレーションにも手を出すぬるいオタクゲーマーに成長しましたが、いずれもそんなに同人誌を欲《ほっ》するようなジャンルではなかったので、買い物戦士としてのレベルは上がらないまま、それでもなぜかコミケに行きつづけました。コミケにはそういう魔力《まりょく》があります。にぎやかで楽しい場所が好きだけど、リア充《じゅう》ばっかりいるところはちょっと怖《こわ》い！　そんな私が「お祭り感」を楽しめる数少ない場所がコミケでした。

ちなみに、あの千円はどうなったか？

数年前、親友と一緒にコミケに行った帰り、私は東ホール三階のレストランで、机の奥から出てきた綺麗な封筒の中の千円でビールを買いました。私は大人になりました。よって、人生初購入の同人誌は私の手元には残っていません。先生のウソツキ！


今回この作品を書くに当たっては、モデルとなる場所を訪れたり、知人の女性向け同人漫画家の方々に意見を聞いたりして、かなりリアルな「女オタクの世界」を描《えが》きました。その甲斐《かい》あってか、内容のチェックをお願いした友達が「読んでる間、始終真顔だったよ……」と私に苦情（？）を訴《うった》えるくらい、現実に近いものになりました。

私は女性オタクの皆様《みなさま》に申し訳なくて仕方ありません。私は書きたくないと言ったのですが、担当さんが「ラノベ界に女性作家は他にもいるんですよ、ネタは早い者勝ちですよ。じゃあいつ書くの!?」と言うので、つい「今でしょ！」（※二〇一三年当時）と答えてしまいました。

次巻もリアルを目指します。森山《もりやま》しじみ様、担当様、今後もよろしくお願いいたします。

それでは、二巻でお会いできますように！

二〇一四年二月　長岡マキ子《こ》

富士見ファンタジア文庫

オタク荘《そう》の腐《くさ》ってやがる
お嬢様《じょうさま》たち

平成26年3月25日　初版発行

著者――長岡《ながおか》マキ子

発行者――佐藤　忍
発行所――株式会社KADOKAWA
http://www.kadokawa.co.jp/
企画・編集――富士見書房
http://fujimishobo.jp
〒102-8177
東京都千代田区富士見2-13-3
電話　営業　03(3238)8702
　　　編集　03(3238)8585
印刷所――暁印刷
製本所――BBC

※定価はカバーに表示してあります。
落丁・乱丁本は、送料小社負担にて、お取り替えいたします。KADOKAWA読者係までご連絡ください。(古書店で購入したものについては、お取り替えできません)
電話 049-259-1100 (9：00～17：00／土日、祝日、年末年始を除く)
〒 354-0041 埼玉県入間郡三芳町藤久保 550-1

ISBN978-4-04-070069-4 C0193